Todos os direitos reservados
© 2019, Editora Cosmos
São Paulo – Brasil

Coordenação de projeto
Reinaldo Reis e Sergio Alves

Edição
Rogério Chaves

Capa, projeto gráfico e diagramação
Mauricio Nisi Gonçalves

Revisão
Pedro Augusto Chaves

Apoio
Ponte Produções

Dados Internacionais de Catalogação na Publicação (CIP)

M685d   Mizael, Lucy Karla.
         Dicas da Lucy facilitadora doméstica : casa limpa e
    organizada / Lucy Karla Mizael. – São Paulo, SP : Cosmos, 2019.
         208 p. : il. ; 23 cm.

         Inclui bibliografia e glossário.
         ISBN 978-85-68800-14-0

         1. Organização doméstica. 2. Limpeza e organização da casa.
I. Título.

                                                        CDU 64.04
                                                          CDD 640

Índice para catálogo sistemático:
1. Organização doméstica 64.04

(Bibliotecária responsável: Sabrina Leal Araujo – CRB 8/10213)

Nenhuma parte deste livro pode ser utilizada ou reproduzida sem autorização.
Todos os direitos reservados à:

www.editoracosmos.com.br
cosmos@editoracosmos.com.br

Lucy Karla Mizael

CASA LIMPA E ORGANIZADA

2019

Editora
Cosmos

À minha amada filha Luma
e à minha grande amiga
Ninha (*in memorian*)

Agradeço meus amigos, mainha (Joan), mãe (Tereza), Adalton, e todos que me apoiaram nesta jornada incrível!

Sumário

PREFÁCIO 17
INTRODUÇÃO 19

CAPÍTULO I **POR QUE, COMO LIMPAR E ORGANIZAR?** **23**

MAS, AFINAL, POR QUE ORGANIZAR? 24
SEMEANDO A ORGANIZAÇÃO 27
UM PASSO ADIANTE 29
POR ONDE COMEÇAR 30
    Organização . . . . | 30
ROTINA E LIMPEZA DA CASA 32
    Onde encontrar motivação? . . . . | 32
    Crie uma rotina . . . . | 32
    Comece por algum lugar . . . . | 33
    Evite distrações . . . . | 33
    Comece pela manhã . . . . | 33
    Durma com tudo em ordem . . . . | 34
    Família unida . . . . | 34
    Agende a limpeza . . . . | 35
    Prepare o kit de limpeza . . . . | 35
    Música vai bem . . . . | 35
    Esqueça a perfeição . . . . | 35
    Planeje as refeições . . . . | 36
    Recompensas funcionam . . . . | 36
    Faça por você . . . . | 36
    Recomendações preciosas . . . . | 37
PRODUTOS DE LIMPEZA 39
    Para que servem os produtos de limpeza? . . . . . | 40
        Limpeza da casa . . . . | 40
        Lavanderia . . . . | 44

COMO ECONOMIZAR PRODUTOS DE LIMPEZA? 45

Organizando os produtos e o material de limpeza . . . . | 46

Quadro de limpeza (na cozinha, na limpeza da casa, no banheiro
e na área de serviço) . . . . | 47

KIT BÁSICO DE PRODUTOS DE LIMPEZA 48

Manutenção – Kit Básico . . . . | 48

Quadro de limpeza (na casa, no banheiro e na cozinha) . . . . | 48

DICAS IMPORTANTES 48

Faxina – Kit Básico . . . . | 49

Quadro de limpeza (na casa, no banheiro e na cozinha) . . . . | 49

VOCÊ SABIA? 50

O QUE PRECISO SABER ANTES DE INICIAR A LIMPEZA DA CASA? 50

CRONOGRAMA SEMANAL 52

Faxina por cômodo . . . . | 52

Rodízio de faxina . . . . | 53

Cronograma tarefas programadas . . . . | 54

LIMPEZA DA CASA 55

CAPÍTULO 2 VAMOS POR PARTES? 57

QUARTOS 57

Roteiro e planejamento . . . . | 57

Quadro de limpeza . . . . | 57

LIMPEZA ESPECÍFICA 59

Cama . . . . | 59

Cabeceira . . . . | 59

Ar condicionado . . . . | 60

Ventilador de teto . . . . | 61

Janelas e portas . . . . | 61

GUARDA-ROUPAS 62

Limpeza . . . . | 62

Portas, parte externa . . . . | 62

Prateleira, cabideiro, parte interna . . . . | 62

ORGANIZAÇÃO 63

Por onde começar a organização? . . . . | 64

Descarte e doação . . . . | 64

Mão na massa . . . . | 65

Gaveta de roupa íntima . . . . | 66

Ganchos . . . . | 66

Bandejas . . . . | 67

Cabideiro . . . . | 67

SALAS 69

Quadro de limpeza . . . . | 69

Roteiro e planejamento . . . . | 69

LIMPEZA ESPECÍFICAS 70
   Painéis MDF/Madeira . . . . | 70
   Cortinas . . . . | 70
   Tapetes . . . . | 71
   Estofados . . . . | 72
      | Estofados de couro legítimo e couro ecológico . . . . | 73
   Adornos . . . . | 73
   Móveis . . . . | 74
      | MDF, laminados . . . . | 74
      | Madeira maciça . . . . | 74
      | Madeira envernizada. . . . . | 75
      | Revitalizar madeira . . . . | 75
      Receita 1 . . . . | 75
      Receita 2 . . . . | 76
      | Rodapé de madeira . . . . | 76
      | Papel de parede . . . . | 76
      | Limpeza de quadros e telas . . . . | 77
      Quadros com tampo de vidro. . . . . | 77
      Molduras lisas . . . . | 77
      Molduras trabalhadas (com reentrâncias) . . . . | 77
      Telas . . . . | 78
LIMPEZA DE TELAS LED E LCD. 78
LIMPEZA DE VIDROS 79
   O pano . . . . | 79
   A técnica. . . . . | 79
   O limpa vidros. . . . . | 79
   Receita limpa vidros caseiro da Lucy . . . . | 80
PISOS 80
   Porcelanato . . . . | 81
   Madeira e laminado. . . . . | 81
   Pedras (granito, mármore). . . . . | 82
   Remoção de manchas em piso . . . . | 82
   Manchas específicas. . . . . | 83
BANHEIROS 85
      | Quadro de limpeza . . . . | 85
   Roteiro e planejamento . . . . | 85
   Limpeza Específica . . . . | 87
      | Acessórios metálicos, torneiras e registros . . . . . . | 87
      | Bancadas de pedra . . . . | 87
      | Espelho . . . . | 89
      | Box de vidro, box de acrílico . . . . | 89
      | Manchas no box . . . . | 89
      | Limpe com removedor de uso doméstico . . . . | 89
      | Lave com pasta de dente . . . . | 90
      | Lustra-móvel com limão . . . . | 90
      | Cera de carro . . . . | 90

Cortina de plástico . . . . | 90

Rejuntes: manutenção . . . . | 90

Rejuntes: limo, mofo, bolor . . . . | 91

Vaso sanitário . . . . | 91

Mosquitinhos de banheiro. . . . . | 92

COZINHA 94

Roteiro e planejamento . . . . | 94

Quadro de limpeza . . . . | 95

LIMPEZA ESPECÍFICA 95

Ralo de pia . . . . | 95

Triturador de alimentos . . . . | 96

DESPENSA DE ALIMENTOS 96

Limpeza . . . . | 96

Organização . . . . | 97

TRAÇAS DOS ALIMENTOS 98

Como eliminar as traças – medidas iniciais . . . . | 99

Limpeza . . . . | 99

Prevenção natural . . . . | 100

ELETRODOMÉSTICOS. 100

Geladeira . . . . | 100

Limpeza . . . . | 101

Organização? . . . . | 102

Freezer convencional . . . . | 102

Limpeza . . . . | 102

Organização freezer ou congelador . . . . | 103

Micro-ondas . . . . | 104

Liquidificador . . . . | 105

Sanduicheira, Grill . . . . | 106

Fogão . . . . | 106

Queimadores do fogão . . . . | 107

Porta do forno . . . . | 108

Grade do forno. . . . . | 109

Forno autolimpante . . . . | 109

Limpeza das paredes internas do forno autolimpante . . . . | 109

Grelha de Churrasqueira . . . . | 110

ARMÁRIOS DA COZINHA. 110

MDF, MDP, madeira maciça, laminado melanímico, aço . . . . | 110

Organização dos armários . . . . | 110

Organização dos eletrodomésticos . . . . | 111

Potes plásticos. . . . . | 111

Potes de tempero. . . . . | 112

Copos, taças e potes de sobremesa . . . . | 112

Jogos de pratos, louça, aparelhos de jantar completos . . . . | 113

Gavetas . . . . | 113

Panelas . . . . | 113

BANCADAS 114

Granito, mármore, silestone, nanoglass | 114
Aço inoxidável | 114
Madeira demolição, madeira encerada | 115
UTENSÍLIOS | 115
Garrafa de café | 115
Tábua para carne | 117
Placa de corte | 117
Tábua de madeira | 117
Colher de pau | 117
COMO HIGIENIZAR UTENSÍLIOS, FRUTAS, VERDURAS E VEGETAIS | 118
Prata | 118
Como limpar objetos de prata (bandeja, baixela, adorno, talheres, peças em geral) | 119
Louças, vidros e cristais | 120
Taças e copos de vidro | 120
Cristal | 120
Travessas e refratários de cerâmica ou vidro | 120
Acrílico, plástico | 121
Refratário, assadeira, panela com alimento queimado | 121
Panelas | 121
Gordura na tampa de vidro | 122
Panela de inox | 122
Panelas de cerâmica e teflon | 124
Panelas de alumínio | 125
Panelas de barro | 126
Panelas de pedra-sabão | 126
Panelas de ferro | 127
Panela de titanium | 127
ROUPARIA | 127
Como lavar pano de prato e pano de cozinha encardido ou amarelado? | 129
Como ferver panos de prato | 130
Remover manchas | 131
ORGANIZAÇÃO DA ROUPARIA NA COZINHA | 132
Pano de prato | 132
Guardanapo | 133
COMO DESENGORDURAR O FOGÃO | 133
COMO HIGIENIZAR ESPONJA LAVA-LOUÇA | 133
FAÇA O SEU DETERGENTE RENDER MAIS | 134
PLÁSTICO FILME NÃO EMBOLADO | 134
ÁREA DE SERVIÇO | 136
Quadro de limpeza | 136
Limpeza específica | 136
Tanque | 136
Lavadora de roupas | 137
Lavadora abertura frontal | 137

Borracha da porta . . . . | 138
Varal de teto . . . . | 138
Limpeza do ferro de passar roupas . . . . | 139
Ferro a vapor . . . . | 139
Ferro convencional . . . . | 139

CAPÍTULO 3 — MISTURINHAS CASEIRAS DA LUCY **141**

Limpador de coco da Lucy . . . . | 141
Limpa vidro caseiro da Lucy . . . . . . | 142
Limpa piso desengordurante da lucy . . . | 143
Limpador de cravo da Lucy (elimina traças) | 145
Molho arranca sujeira da Lucy . . . . . | 145
Limpador de guarda roupas daLucy . . . | 147
Desengordurante caseiro . . . . | 148
Tira manchas caseiro da Lucy . . . . . | 150
Tira mancha caseiro – reforço da Alyne . . | 150
Limpador de estofados e colchão . . . . | 151
Água de passar roupas da Lucy . . . . . | 153
Tira limo caseiro da Lucy . . . . | 154
Preparado para desamassar roupa . . . . | 155
Goma prática da Lucy . . . . | 157
Sabão de coco liquido caseiro . . . . . | 157
Limpador de banheiro da Lucy . . . . . | 158

CAPÍTULO 4 — DICAS MUITO ACESSADAS NO SITE **161**

Limpeza de camurça . . . . | 161
Chulé . . . . | 162
Mas quando o mau cheiro está instalado o que fazer? . . . | 162
Outra opção é lavar . . . . | 162
Escalda pés tira chulé . . . . | 164
Escalda pés tira chulé relaxante . . . . | 164
Remover cheiro de suor das roupas . . . | 164
Desencardir roupas brancas . . . . . . | 165
Amaciar sapato apertado . . . . | 167
Repelente natural de baratas . . . . . | 167
Repelente natural de aranhas . . . . . | 168
Repelente natural de caruncho/gorgulho . . | 168
Repelente natural de traça das roupas . . | 168
Eliminar odor de urina de animal de estimação . . . . . . | 169
Passo 1: limpeza do piso . . . . . . | 169

Área interna, pisos cerâmicos. | 171
Área externa, piso lavável | 171
Importante: pano de chão | 171
Passo 2: limpeza dos estofados | 171

CAPÍTULO 5 **REMOÇÃO DE MANCHAS** **173**

Açaí | 175
Café | 175
Caneta e jeans em artigos de couro | 177
Caneta esferográfica | 177
Caneta hidrográfica (canetinha, marca texto) | 178
Chiclete | 178
Chocolate ou achocolatado | 178
Desodorante | 178
Esmalte | 181
Ferro de passar | 182
Ferrugem | 182
Frutas | 183
Geleca – amoeba | 185
Giz de cera da parede | 185
Gordura | 186
Maquiagem | 186
Mofo | 187
Molho de soja | 189
Pomada de assadura | 189
Protetor solar | 190
Roupa manchada por outra roupa | 191
Sangue | 193
Tinta guache | 193
Vaso sanitário (amarela) | 193
Vinho | 194

GLOSSÁRIO 197

Prefácio

Conheci Lucy pessoalmente há alguns anos, em um evento voltado a profissionais de organização. Já nos comunicávamos pelas redes sociais e a empatia foi imediata, não me surpreendi em constatar que pessoalmente ela é exatamente a mesma pessoa que nos acostumamos a ver no quadro Dicas da Lucy, na ESTV, e nos vídeos do YouTube e Facebook.

A espontaneidade, a alegria e sinceridade são qualidades reais presentes em seu dia a dia, mas não se engane achando que toda a exuberância de sua personalidade anula a ânsia pela pesquisa e desenvolvimento técnico para embasar suas dicas e, com isso, torná-las cada vez mais eficazes.

Lucy é incansável na busca por alternativas que auxiliam a todos que querem e precisam manter uma casa limpa e organizada sem grandes gastos e de forma rápida e definitiva.

O que me cativa, sobretudo na forma como as soluções são apresentadas, é o fato de que por trás deste livro está uma mulher atual, que exerce todos os papéis que a ela se apresentam e sabe que ninguém tem tempo para ficar horas limpando, organizando ou cuidando da casa, de modo que tudo funcione.

Sim, a Lucy é "gente como a gente", profissional, estudiosa, mãe, esposa, dona de casa e, portanto, pensa a organização e a limpeza como responsabilidade de todos os membros da casa.

Considero este livro um manual de leitura obrigatória para quem gosta da casa e todos os seus desafios e para quem não gosta também, porque por mais que tentemos evitar, as tarefas domésticas existem e precisam ser cumpridas. E por que não fazer isso de uma maneira simples, rápida e eficaz?

Deixe-o em local de fácil acesso, compartilhe com todos da família e afirme que as respostas para aquelas questões rotineiras, mas que ninguém sabe ao certo como lidar, estão aqui.

A organização e a limpeza como devem ser, simples de executar e de rápida manutenção.

Tenho certeza que você, leitor e leitora, encontrará a melhor forma para aproveitar todas as dicas. Não importa se iniciará no capítulo 1 e seguirá a ordem cronológica, ou lerá em acordo com as situações que deseja sanar. Pode ter certeza, a casa toda está contemplada aqui.

Tenho muito orgulho em apresentar este livro a vocês, com dicas possíveis de uma mulher incomparável. Aproveitem!

Ana Ziccardi[1]

---

[1] Administradora e pedagoga, adquiriu vasta experiência em gestão de pessoas, planejamento financeiro e educação. E como toda mulher atual, concilia carreira, casa e família. Em 2011, resolveu unir suas aptidões e experiências e criar a empresa de consultoria *Ana Ziccardi – Soluções em Organização* para levar tempo a quem precisa, levando harmonia e economia a quem precisa. Sócia-fundadora da Associação Nacional dos Profissionais de Organização e Produtividade (ANPOP) e sócia-proprietária da AFDuo – Capacitação em Organização, busca o constante desenvolvimento e fortalecimento da profissão através de pesquisas, estudos e contato com profissionais do mundo todo. Ministra palestras, escreve e colabora com diversos sites, revistas e programas de TV.

Introdução

Até o momento em que comecei a escrever este livro, reclusa no interior de Minas Gerais durante o Carnaval de 2013, não sabia que tinha a missão de ajudar as pessoas a se organizarem em casa. Até então, me sentia feliz em receber a mensagem de alguém que havia conseguido resolver um problema lendo os textos do site *Dicas da Lucy* (www.dicasdalucy.com.br), ou como ouvinte e telespectador das minhas participações nos programas de rádio e de TV.

Mas percebi que não era mais possível guardar informações tão úteis que poderiam ajudar outras pessoas na tarefa de cuidar do lar: era hora de dividir o conhecimento adquirido! Pensando sobre meus 14 anos de estudos e aprendizados, somados à minha vivência com mulheres especiais, como minha avó, descobri que minha missão é, sim, espalhar soluções para facilitar o dia a dia das pessoas.

Mas nem sempre foi assim... Fui uma adolescente agitada, criativa, pensante e com um guarda-roupa de pernas para o ar! Odiava ter que deixar o mundo lá fora esperando. Parar tudo para organizar o armário? Jamais!

Mas amava limpar a casa, redecorar os espaços. Colocar em uso as toalhas, os caminhos de mesa rendados e as colchas que minha avó tinha como sagradas, reservadas apenas para ocasiões especiais. Jogar fora objetos quebrados, encerar o chão. E, quando minha mãe – que é super organizada – pegava no meu pé, arrumava o famigerado guarda-roupa com ajuda de uma amiga, minha querida e caprichosa amiga Ninha.

Sou ariana com ascendente em virgem e talvez venha daí meu senso de organização, que aflorou aos 21 anos quando dividi o apartamento com duas amigas para cursar a faculdade. Limpeza, ordem, cronogramas de tarefas, dia de faxina, orçamento doméstico, truques de limpeza e criatividade para decorar a casa burlando a falta de grana fizeram parte do aprendizado dessa época.

Depois veio o casamento e tive que adequar minhas rotinas e aprender a separar o trabalho em um *home office* à parte das atividades domésticas, que não podiam, de forma alguma, engolir minhas prioridades.

Assim como aconteceu comigo, sei que grande parte das mulheres e dos homens tem dificuldades para resolver entraves da casa e esse livro se propõe a ajudar a solucionar esses problemas domésticos.

Enfim, apresento neste livro minha vivência, muito do que aprendi com avós, vizinhos e amigos. Reúno aqui modos de fazer que, ao longo do tempo, foram colhidos e testados por mim, dicas práticos e muito eficientes.

Somando a experiência dos mais velhos às técnicas que surgiram nos tempos mais recentes, a organização do espaço doméstico é uma síntese de boa economia, de bom viver. Quando nos preocupamos com a maneira de organizar a vida hoje, economizamos esforços e melhoramos as finanças do amanhã, do futuro, para cada um e para o conjunto. Um dos objetivos é, certamente, a necessidade de um mundo menos nocivo, mais sustentável, mais acolhedor para todos. Se pudermos fazer tudo isso com mais eficiência, mais simplicidade e menos gastos, melhor para nosso lugar, melhor para o planeta.

Não sou detentora da verdade, mas compartilho e divido o que aprendi. São preciosas dicas que foram agrupadas, de forma eficiente, para ajudar você na tarefa de manter sua casa limpa, organizada e descomplicada. Então, vamos lá?

Lucy Mizael

CAPÍTULO I

POR QUE, COMO LIMPAR E ORGANIZAR?

O que você acha do estado atual da sua casa? Quando acorda, você se sente confortável com o que vê ao redor? O ambiente lhe proporciona bem-estar, lhe transmite tranquilidade? Ou quando você abre o armário, tem medo que uma avalanche de objetos caia sobre sua cabeça? Sua cozinha está sempre com a pia repleta de pratos e copos, e o lixo transbordando? Quando uma visita chega de surpresa, é uma correria para colocar as coisas no lugar?

Se suas respostas foram "sim" à maioria desses questionamentos, muito certamente você vive num ambiente de caos, bagunça, medo e desordem. Sendo assim, está na hora de tomar uma atitude radical de mudança. Pronto ou pronta para isso?

Segundo Cynthia Townley Ewer, autora do livro *Acabe com a bagunça: organize sua casa, melhore a limpeza e ponha fim ao caos!*[1], muitos não nasceram com a habilidade organizacional. Isso é algo que é preciso aprender.

A própria autora relata que passou por essa experiência, pois tinha dificuldade em manter as coisas em ordem e sérios problemas para acabar com a bagunça. A mudança veio depois de um episódio constrangedor. Recém-divorciada, depois de deixar os filhos com o ex-marido, Cynthia foi passar o Natal com os pais. Na volta, notou que

---

[1] EWER, Cynthia Townley. *Acabe com a bagunça: organize sua casa melhore a limpeza e ponha fim aos caos!*. Trad. Marco Maffei. 2ª ed. São Paulo: Publifolha, 2010.

havia vidros quebrados na soleira. Imediatamente chamou a polícia, pois percebeu que tinham tentado invadir sua casa.

Os policiais, depois de uma revista, ficaram intrigados: a tranca estava intacta, mas os ladrões pareciam ter entrado e revirado tudo, pois o ambiente era de caos absoluto. Constrangida, ela teve que admitir que os ladrões não entraram, mas que aquela bagunça era a forma como ela havia deixado a casa. Desde então, decidiu mudar de vida e se tornou uma especialista em organização. Então, por que isso também não poderia acontecer com você?

O primeiro passo para esse aprendizado passa pela mudança de hábitos, feito o de não deixar para amanhã o que se pode fazer hoje. Acabar com a procrastinação, aquela mania de deixar tudo para depois, já é um bom começo para começar a colocar a vida nos trilhos da organização.

Mas, respire aliviado... Você não está sozinho ou sozinha nessa empreitada. De acordo com as pesquisas, quatro em cada dez pessoas consideram o cotidiano doméstico um desafio. Outra parte passa a maior parte do tempo limpando, mas nunca está satisfeita. E tem aquela que limpa quando acha necessário e considera difícil manter a casa em ordem.

Mas, afinal, por que organizar?

Meu trabalho sempre foi pautado pela liberdade. Grande parte dos meus clientes nunca me contrata para organizar o mesmo ambiente, me contrata novamente, sim, mas para outros projetos, por uma mudança de endereço ou após reforma. Poucas vezes voltei para organizar um mesmo ambiente única e exclusivamente por ele ter ficado

desorganizado novamente. É bom saber que meu trabalho foi bem executado, que compreendi a rotina daquela família e, mais que isso, que eles conseguiram absorver os ensinamentos e seguiram adiante mantendo suas casas organizadas.

Sempre acreditei na organização como uma poderosa ferramenta de transformação. Com ela conseguimos tomar as rédeas da casa, reestabelecer a ordem e nos livrar do caos. Trabalhando como organizadora profissional, sempre levei em consideração a demanda da casa, o perfil dos moradores, buscando entender seus costumes, analisando sua rotina e isso se aplica na minha vida cotidiana. Acredito que, assim, podemos organizar de forma prática objetivando a manutenção por seus moradores e empregados.

Uma vida limpa e organizada requer dedicação e muitos acreditam que é difícil "encontrar tempo" para isso. Na verdade, é preciso criar o hábito e gerenciar as rotinas para que, no final, você consiga ter tempo livre para praticar atividades que proporcionem bem-estar e melhorem a qualidade de vida. Para isso, é útil ter metas de organização e tarefas a serem realizadas diária, semanal ou mensalmente.

Vale ressaltar que organizar-se não é uma corrida, mas um caminho a percorrer e ao contrário do que muita gente imagina, é possível adquirir o hábito da organização fazendo um pouco de cada vez, buscando ajuda e estímulo entre amigos e familiares.

O importante é mudar os hábitos e dar o primeiro passo, começando por tarefas corriqueiras, como manter as roupas limpas, a louça lavada, as gavetas sem acúmulo. Resolva, mude e faça primeiro o que mais lhe incomoda, o que importa é dar o primeiro passo, fazer a primeira mudança e continuar caminhando. Perseverar, pois as recompensas serão muitas. Acredite, ter uma vida organizada nos traz inúmeros benefícios como a economia de tempo e dinheiro, redução do esforço físico, mais produtividade, otimização do espaço útil, praticidade para limpar a casa, redução do *stress*, sensação de dever cumprido.

Semeando a organização

É importante incentivar as crianças e, desde cedo, plantar sementinhas, pois os pequenos precisam aprender a importância de uma casa limpa e organizada, entender que essas tarefas são necessárias. Passei por essa experiência aos nove anos, quando comecei a enxugar as louças aos finais de semana. Com o tempo, as tarefas foram ficando mais complexas: veio a limpeza do banheiro, a faxina da casa, a organização

do armário. Tenho ótimas recordações e essas tarefas me ensinaram muito sobre cuidado e responsabilidade no lar.

As crianças podem e devem aprender a arrumar suas camas diariamente, levar o lixo para fora, retirar a mesa de café ou do lanche, lavar o copo depois que beber água, limpar a sanduicheira após esquentar o pão. Tudo isso pode começar bem cedo, aos dois anos, ensinando-os a guardar os brinquedos, os livros e a colocar as roupinhas no cesto.

Educadores, psicólogos e pediatras – como o Dr. Luiz Guilherme Araújo Florence, responsável pelo ambulatório de desenvolvimento infantil do Programa Einstein na Comunidade de Paraisópolis (SP) –, afirmam que mesmo com pouca idade, a criança já possui capacidade motora suficiente para desempenhar uma série de atividades. E isso é importante para ela, sabia?

Dos dois aos quatro anos, ela pode guardar os brinquedos, colocar a roupa no cesto, levar o pratinho para a pia. Dos cinco aos sete anos pode arrumar a mochila e a lancheira, pegar o uniforme no armário, guardar a mochila quando chegar da escola. Nessa fase, regar as plantas se torna uma brincadeira. Com mangueira ou um

potinho de água, seu filho vai se sentir amado e especial fazendo essa tarefa ao seu lado.

Acima de oito anos, os pequenos podem ajudar a descarregar ou guardar as compras de supermercado, colocar a mesa para o almoço ou jantar, levar o lixo para fora, fazer a cama. Inclua seu filho nas tarefas, mesmo ele sendo um observador. Converse com ele, compartilhe o dia a dia, conte histórias, brinque.

Seu filho pode até querer se esquivar das tarefas, mas com persistência e firmeza, você consegue. Lembre-se: dê tarefas pequenas que ele consiga começar e terminar.

| Um passo adiante

Já os pré-adolescentes e adolescentes podem e devem ajudar com a limpeza da casa: lavar a louça e o banheiro, ajudar na faxina, ir à padaria, colocar o lixo para fora, ajudar com o irmão mais novo, fazer seu próprio lanche, ir ao banco, arrumar o quarto, lavar ou estender a roupa lavada.

Eu e minhas primas fomos criadas assim. Tínhamos obrigações: fazer a cama, levar a mais nova à escola, lavar o banheiro no final de semana, enxugar a louça, fazer serviços bancários, ir à padaria, lavar calcinha, limpar os sapatos.

Tínhamos empregada doméstica, mas nossas mães sempre nos davam obrigações e nos ensinavam que a empregada era nossa ajudante, que ela estava ali para auxiliar. Mas éramos nós que deveríamos contribuir evitando largar coisas espalhadas pela casa, retirando o prato da mesa, lavando copos após beber água, fazendo as camas pela manhã.

Tenho convicção de que isso facilitou nossas vidas, principalmente quando estudantes, enquanto morávamos sozinhas. E, também, depois de casadas.

| Por onde começar

ORGANIZAÇÃO

Organizar e limpar pequenas áreas, diária ou semanalmente, evita o acúmulo de sujeira e a bagunça. Por exemplo: organize e limpe sua mesa de trabalho, a mesinha do telefone, a gaveta de papéis, os trabalhos de escola, uma gaveta de roupas, a geladeira. Fazendo aos poucos, como formiguinha, nunca haverá acúmulo de trabalho para se fazer de uma só vez, afinal, quanto mais coisas a fazer, maiores são as chances de desanimar durante a limpeza e organização.

Muitas pessoas me perguntam como consigo manter a minha casa sempre organizada e respondo que, em casa, tudo tem um lugar definido e após seu uso, ele volta ao seu devido lugar. Além do mais, procuro exercer e recomendar hábitos de consumo consciente, adquirindo bens de consumo e alimentos de forma a não exceder as necessidades da família, evitando o desperdício e acúmulo. *Acredite, quanto menos objetos temos para cuidar e organizar mais tempo nos sobra, ganhamos liberdade para dedicar nosso tempo em outros campos da nossa vida.*

O hábito de guardar CADA COISA EM SEU LUGAR é fundamental na manutenção da ordem numa casa. O mesmo vale para a máxima: SUJOU, LAVOU! É mais fácil lavar um copo e um prato do que uma pia cheia de louças, não é? Claro que todos nós adiamos tarefas em algum momento – e isso não é, necessariamente, um problema –, mas ter a procrastinação como estilo de vida é algo, sim, que precisa ser revisto como já comentamos anteriormente.

Mas e quando a bagunça já está instalada, por onde começar?

Trabalhe seu senso de motivação, se pergunte:

Qual o meu propósito? Dê uma volta pela casa e verifique cômodo a cômodo qual armário ou ambiente precisa ser organizado o quanto antes. Pode ser uma cômoda, uma bancada, os brinquedos das crianças ou ainda um cômodo inteiro, aquele que esteja bem bagunçado, entulhado, com armários e prateleiras abarrotadas, onde não se encontra facilmente o que deseja.

Definido o armário ou cômodo, é hora de definir o período para se dedicar a essa organização. Estabeleça metas e período, por exemplo: hoje pela manhã, de 8h às 12h, vou olhar o que tenho e categorizar separando itens para doar, consertar. Amanhã, de 8h às 12h, vou organizar as gavetas e assim por diante.

Um cômodo inteiro demora pelo menos um dia inteiro de trabalho e talvez seja válido programar essa organização em um dia de férias, feriado ou em um dia de folga no trabalho. Ajuda de amigos, familiares ou de um profissional de organização é sempre bem-vinda.

Sem tempo para dedicar um período de quatro ou seis horas para organização? Não faz mal, defina metas realistas de 15 ou 30 minutos todos os dias. O importante é fazer, mesmo que seja pouco. Isso evita a

ansiedade e você trabalha conforme o velho ditado: de grão em grão a galinha enche o papo. Comemore celebrando cada tarefa concluída, o poder das pequenas vitórias lhe fará seguir avançando, você vai se sentir feliz e realizado a cada tarefa, pois estará mais próximo de alcançar seu propósito.

Exercite o desapego! Tenha em mãos sacos ou caixas divididas em: doar, descartar, consertar. Isso facilita a categorização. Jogue fora, venda ou doe o que não lhe serve mais – eletrônicos e eletrodomésticos, roupas de cama gastas, roupas e sapatos que você não usa a mais de um ano e meio, por exemplo.

Mas, atenção, não vale separar e deixar as caixas amontoadas em casa. No fim do trabalho, providencie a doação e o descarte e leve as roupas à costureira. Não faz sentido separar e guardar no quartinho dos fundos.

Vale muito a pena dizer "não" para as distrações cotidianas como a TV, o celular e as redes sociais. Experimente manter o foco na tarefa a ser realizada.

Rotina e limpeza da casa

ONDE ENCONTRAR MOTIVAÇÃO?

Não tem como escapar da tarefa de limpar e arrumar a casa, não é mesmo? Mas isso não significa que essa rotina precisa ser um peso também. Com um pouco de organização e a motivação certa, fazer *faxina* pode se tornar apenas mais uma parte do seu dia a dia e até ser divertido! Veja as dicas abaixo:

CRIE UMA ROTINA

A melhor maneira de limpar e manter a casa arrumada é ter uma rotina. Não precisa ser uma rotina longa, cheia de afazeres. Tenha em mãos uma lista de pequenas tarefas e separe 30 minutos diários para percorrer a casa, limpando e arrumando o que for preciso – como retirar o lixo, recolher os brinquedos ou passar um pano úmido no chão da cozinha. Usar um *timer* ajuda a manter o foco e não perder tempo.

COMECE POR ALGUM LUGAR

A parte mais difícil de qualquer tarefa é começar. Mas já reparou que uma vez iniciada, descobrimos que a tarefa era mais rápida e fácil do que pensávamos? Isso também serve para a limpeza da casa. A maior dificuldade para ter motivação, é começar. Escolha um cômodo, móvel ou eletrodoméstico e comece. O resto fluirá mais facilmente.

EVITE DISTRAÇÕES

Está cada vez mais fácil se distrair. Mesmo que sejam apenas dez segundos para responder uma mensagem no celular, você ainda vai se desviar do que estava fazendo e perder um tempo precioso tentando lembrar onde estava quando parou. Para evitar a tentação, desligue a TV, o computador e o celular. Acredite, é rápido e não dói.

COMECE PELA MANHÃ

Se arrumar sua casa é o maior desafio do seu dia, comece logo cedo. Livre-se da tarefa mais difícil no início do dia e o resto, simplesmente, será mais fácil. Ao terminar, você verá que foi rápido e que o "pior" já passou. Ainda tem a melhor parte: a sensação de dever cumprido.

Rotina matinal – Outro hábito que recomendo e acho muito importante, é acordar antes dos filhos. Isso mesmo, tenha uma rotina matinal sem notícias ruins, nem a distração do celular. Desperte e dedique tempo a você, inclua exercícios físico e meditação, regue as plantas, prepare o café da manhã com tranquilidade e experimente a liberdade de começar o dia com harmonia.

DURMA COM TUDO EM ORDEM

Rotina noturna – Tenho esse hábito e super recomendo, a casa amanhece com aspecto organizado, mesmo não estando limpa, e você evita a correria na manhã seguinte. Se preferir, faça pela manhã, antes de iniciar a limpeza.

Antes de dormir, dê uma geral na casa, guarde brinquedos espalhados, organize a sala de TV, separe o material escolar das crianças e monte as mochilas. Separe os uniformes, retire a roupa do varal, dobre e coloque em uma cesta, monte a mesa do café da manhã.

FAMÍLIA UNIDA

Manter a casa limpa e arrumada é responsabilidade de todos que moram nela, não é mesmo? Por isso, sente com a família e tente distribuir as responsabilidades de cada um. É muito mais fácil limpar a casa quando todos colaboram ou se reúnem em um mutirão para fazer a faxina. As novas regras podem levar um tempo, mas além de mais justo, todos ficam felizes no final.

AGENDE A LIMPEZA

Compromissos agendados tem uma probabilidade maior de serem cumpridos. Se você reservar uma hora do seu fim de semana, já é suficiente. Dedique-se à faxina naquele horário e, se ainda estiver disposta quando a hora terminar, continue limpando. Se não estiver, não tem problema continuar outro dia, pois o seu compromisso foi cumprido e, com certeza, você adiantou bastante o trabalho.

PREPARE O KIT DE LIMPEZA

Antes de começar a limpeza, tenha todos os produtos e utensílios que você precisará reunidos em um balde, cesta ou carrinho. Assim, você pode carregar os produtos para qualquer cômodo da casa sem precisar voltar à lavanderia várias vezes durante a faxina. É mais eficiente, torna a limpeza mais rápida e menos trabalhosa.

MÚSICA VAI BEM

Enquanto os eletrônicos distraem, uma boa música ajuda a concentrar e a motivar. Principalmente se for sua batida preferida. Pode ser rock, dance, axé, eletrônica, pop ou qualquer que seja a sua onda. O importante é cantar, dançar e se divertir enquanto arruma a casa.

ESQUEÇA A PERFEIÇÃO

Na hora de limpar e arrumar sua casa, desapegue e esqueça o perfeccionismo. Lembre-se que você está procurando motivação para limpar e arrumar sua casa. Por isso não perca 20 minutos do seu tempo dando brilho no fogão que já está limpo. Neste mesmo tempo, você poderia arrumar as camas, aspirar o pó dos tapetes e juntar roupas espalhadas. Perfeccionistas tendem a ficar frustrados por não deixar uma coisa em estado ideal de limpeza; por gastarem muito tempo limpando, acabam perdendo o interesse no resto do processo.

PLANEJE AS REFEIÇÕES

Crie um cardápio para a família e o siga! Facilita as compras e evita desperdícios. O objetivo é facilitar seu dia a dia, diminuir as idas à padaria e ao supermercado e economizar dinheiro, seu tempo e sua energia. Depois de algum tempo, você terá uma pasta ou um caderno repleto de cardápios que poderão ser alternados ao longo das semanas.

RECOMPENSAS FUNCIONAM

Limpar a casa pode ser um dever, mas não quer dizer que você não mereça uma recompensa quando terminar. Tire um tempo para você ao final da limpeza e saia para tomar um sorvete ou assistir a um filme acompanhado de uma taça de vinho, um chá ou qualquer outra bebida que você goste. Na próxima vez que tiver que limpar a casa, se lembrará que pode ser recompensada depois.

FAÇA POR VOCÊ

Sem dúvida, a maior motivação para limpar sua casa é porque você e sua família merecem. Nada como ter a sensação de dever cumprido e cheirinho de casa limpa ao final de uma hora de trabalho. A sensação de paz de espírito e orgulho em ver sua casa brilhando, com tudo arrumadinho no lugar, não tem preço.

Depois de tantas dicas, agora é hora de colocar a mão na massa. Vamos nos debruçar sobre os cronogramas, porque vão ajudar bastante!

RECOMENDAÇÕES PRECIOSAS

Acredite, ao longo destes anos como dona de casa e pesquisadora doméstica, conheci utensílios e coloquei em prática hábitos que descomplicam e muito a nossa vida.

Aposte em um aspirador de pó de preferência com formato de vassoura, pois é ergonômico e mais fácil de usar.

MOP tipo prancha, MOP giratório, rodo com espuma absorvente, tipo o Sekito, são práticos e facilitam muito a limpeza diária do piso.

Borrifadores são os meus queridinhos, fiéis escudeiros sempre comigo. Aposte nos frascos borrifadores spray, pois facilita muito o trabalho. Você consegue dosar a quantidade evitando o desperdício.

Panos de limpeza de alta performance são incríveis, versáteis e fáceis de lavar.

Um frasco borrifador com partes iguais de água e vinagre de álcool ou com o preparado de cravo da Lucy fazem milagres na cozinha. Deixe sempre à mão, próximo ao papel toalha para manter bancadas e superfícies limpas.

Tenha um pedaço de papel na porta da geladeira ou um bloquinho com caneta na cozinha, nele anote o que precisa ser comprado. Quando acabar os ovos, por exemplo, anote e assim por diante. No dia das compras, sua lista estará quase pronta.

Não deixe a toalha do café da manhã na mesa até à noite, isso dá um aspecto de desleixo e fica parecendo que não foi limpo. O mesmo vale para camas desfeitas por todo o dia.

Leve a lista de compras para o mercado, porque evita gastos desnecessários e esquecimentos que podem acarretar mais despesas ou o retorno ao mercado antes do que você gostaria.

Porcione os alimentos que serão congelados. Isso facilita demais na hora do preparo: feijão cozido, bifes, carne moída, frutas para suco, feijão, mandioca descascada.

Faça bifes e congele aberto em um tabuleiro e depois de congelados, guarde em sacos com zíper. Eles vão ficar soltinhos dentro do saco, facilitando a retirada na quantidade necessária para a refeição. O mesmo vale para hambúrguer caseiro e almôndegas.

A carne moída pode ser congelada em saco com zíper, marque com um palitinho formando quadradinhos isso facilita a retirada.

Antes de lavar as roupas, separe todas por tipo e cor; assim, você vai ver a quantidade que tem de cada uma e começará pela que está mais acumulada. Se tiver varal, lave logo umas três cargas em um único dia (roupa de cama, roupa de banho, roupas escuras). O cesto vai ficar mais vazio e você já terá resolvido parte da tarefa da semana.

Na lavanderia, tenha o hábito de retirar a roupa do varal, dobrar e guardar em um cesto, armário ou gavetão até serem passadas. Não deixe embolada em um canto qualquer – fica ainda mais amassada –, além do mais, roupa espalhada confere aspecto de bagunça. Toalhas podem ser dobradas, alisadas e guardadas sem passar.

Você pode, ainda, borrifar água para lençóis ou água para tecido e deixá-las mais perfumadas. A roupa íntima (calcinha, cueca, meias) pode seguir para um cesto menor.

Assim que possível, dobre e coloque no guarda-roupas.

Produtos de limpeza

Existe uma infinidade de produtos de limpeza nas prateleiras dos supermercados. Muitos são ótimos aliados das donas de casa e, sim, resolvem nossos problemas. Mas não precisamos ter todos eles em nossa casa, alguns devem fazer parte do dia a dia, outros somente quando precisamos de um super poder.

Além do mais, algumas misturinhas com produtos que temos na despensa são ótimos aliados, mais baratos e ecologicamente corretos.

Na lista a seguir dá para perceber que alguns produtos são versáteis e podem ser utilizados para limpar objetos, superfícies, utensílios e até remover manchas.

PARA QUE SERVEM OS PRODUTOS DE LIMPEZA?

LIMPEZA DA CASA

PRODUTO	DESENVOLVIDO PARA	USE TAMBÉM PARA
Detergente	Lavar louça	Lavar banheiro; Limpeza em geral na cozinha: bancadas, eletrodomésticos, armários, inox, superfícies laváveis. Limpar pisos cerâmicos como o porcelanato, pedras como granito e mármore, silestone, marmoglass, laminados; Remover manchas de maquiagem, graxa, gordura do tecido; Desencardir meias.
Sabão de coco	Lavar roupas Limpeza em geral	Limpeza de móveis laqueados, laminados em MDF ou MDP, portas pintadas, paredes, eletrodomésticos.
Sabão em barra (neutro ou azul)	Lavar roupas, panelas, louças, cubas e superfícies em inox	Idem ao descrito acima.
Água sanitária ou Alvejante à base de cloro	Alvejar roupas e desinfetar superfícies	Alvejante de roupas; Lavar banheiro piso e revestimento; Remover mofo/bolor de rejuntes, paredes, teto.
Cloro puro	Desinfetar superfícies	Dê preferência a água sanitária; Cloro é um produto muito forte e pode danificar tecido e superfícies.
Desinfetante	Desinfetar superfícies e perfumar o ambiente	Desinfetar lata de lixo, vaso sanitário, bancadas do banheiro.
Limpador de piso perfumado; e Limpador de piso, tipo limpeza pesada	Limpeza de piso, revestimento diariamente Limpeza de pisos, revestimento muito sujos	Limpador perfumado é uma boa opção para limpar e perfumar; use o limpeza pesada/limpeza profunda no dia da faxina, ou para remover gordura e sujeira encrustada.

Saponáceo em pó e pastas de limpeza	Limpeza em geral, superfícies laváveis	Atenção: tenha cautela ao usar, dissolva bem e faça teste para ver como reagirá a superfície a ser limpa.
Saponáceo cremoso líquido	Limpeza em geral superfícies laváveis	Lavar banheiro – louças sanitárias e revestimento; Limpar armários, paredes, cubas e bancadas laváveis.
Limpa alumínio	Limpeza de panelas, utensílios de alumínio	Idem ao descrito acima.
Limpa inox	Limpeza de panelas, utensílios e superfícies de inox; Alguns são desenvolvidos exclusivamente para panelas	Idem ao descrito acima. Existem versões líquidas, cremosas e espuma.
Multiuso	Limpeza de superfícies laváveis – Remover gordura	Em cima dos armários e geladeira, bancadas, fogão. Diluído em água remove gordura do piso; No piso, bancadas e fogão o vinagre de álcool claro remove gordura tão bem quando o multiuso.
Desengordurante	Remover gordura encrustada de difícil remoção	Utilize apenas em casos extremos com excesso de gordura, faxina pesada; Não tem necessidade de usar diariamente, detergente, vinagre ou mesmo o multiuso limpam muito bem gorduras do dia a dia.
Tira limo	Limpeza do banheiro Superfícies laváveis	Limpeza rejunte, revestimentos do banheiro; Remove limo, mofo/bolor.
Lustra-móvel	Limpeza de móveis **Não usar em móveis de madeira demolição	Limpeza de móveis em geral; Remove manchas de gordura da roupa e do box de vidro; Funciona como uma cera dando brilho e conservando metais de banheiro inoxidável (torneiras, descargas, registros, barras, suportes).

Cera em pasta incolor com cera de carnaúba	Encerar piso e móveis de madeira	Encerar móveis de madeira demolição, portas de madeira maciça, bancadas e artefatos de madeira. *Frequência: trimestralmente.
Limpa forno	Desengordurante	Limpeza de gordura encrustada de difícil remoção; Limpeza de forno, grade, trempe do fogão, chapas e grelhas.
Espuma de limpeza à seco multissuperfície	Limpeza de eletrodomésticos, utensílios, superfícies em geral (pedra, inox, madeira)	Limpeza eficiente à seco; Aplicação e limpeza sem a necessidade de enxágue. Alto brilho do inox. Remove gordura, mancha e pó.
Espuma de limpeza para estofados	Limpeza de estofados em geral	Remove sujeira e manchas dos estofados.
Limpador de tapetes e carpetes		Remove sujeira e manchas dos tapetes e carpetes.
Vinagre de álcool claro	Por ser ácido, assim como o limão é um ótimo aliado na limpeza. Use e abuse deste coringa.	Remover gordura; Limpar vidros e box do banheiro; Remover mofo; Remover odor de suor; Remover manchas em tecidos; Amaciar roupas.
Bicarbonato	Alcalino e muito eficiente na remoção de sujeiras; Tem propriedade levemente abrasiva, limpa sem riscar. Pode ser usado puro, seco ou em misturinhas caseiras	Remover manchas em tecido e superfícies variadas; Clarear roupas; Neutralizar odores; Higienizar utensílios.
Cera automotiva	Serve para dar brilho à pintura de veículos	Encerar para conservar cubas, cadeiras, artefatos de acrílico; Encerar para conservar móveis laqueados; Encerar para conservar banheiras. *Frequência: mensalmente.

LAVANDERIA

PRODUTO	DESENVOLVIDO PARA	USE TAMBÉM PARA
Sabão em pó	Lavar roupas	Lavar roupas e nada mais! Não lave calçadas, banheiro, piso, cozinha! O produto é caro e precisa de muita água para ser removido. E não adianta comprar um de boa qualidade para lavar roupas e um de baixa qualidade para lavar pisos e banheiro, é dinheiro desperdiçado, jogado fora.
Sabão líquido para lavar roupas	Normal ou concentrado; Lavar roupas	Lavar roupas; Alguns concentrados ajudam a remover manchas quando aplicados diretamente.
Sabão para roupas delicadas	Perfumados ou de coco; Lavar roupas delicadas	Lavar roupas delicadas.
Sabão em barra – neutro ou azul	Lavar roupas na pré-lavagem, roupas sujas, encardidas	Lavar louça, panelas.
Sabão de coco	Lavar roupas em geral e delicadas	Limpar portas, paredes, armários laminados.
Amaciante	Amaciar roupas	Amaciar sapatos quando misturado em partes iguais com creme de cabelo.
Álcool	Combustível – esterilizante	Clarear roupas brancas; Preparados de limpeza.
Água sanitária	Alvejante e bactericida	Alvejar e desencardir tecidos; Limpeza de banheiro; Remover mofo/bolor das paredes.
Cloro	Alvejante e bactericida	Não usar em roupas/tecidos, pois provoca desgaste, rasgando e amarelando.
Alvejante sem cloro líquido	Alvejante, removedor de mancha	Clarear roupas; Use em molhos na lavagem diária, na máquina ou no tanque conforme orientações do fabricante.

Alvejante sem cloro em pó	Alvejante, removedor de mancha	Extremamente eficiente quando diluído em água quente; ótima opção para desencardir roupas e remover manchas de mofo e amarelado de guardado.
Tira manchas	Remover manchas variadas em tecido	Idem ao descrito acima.
Tira ferrugem	Remover mancha de ferrugem de tecido	Idem ao descrito acima.
Bicarbonato	Alcalino e muito eficiente na remoção de sujeiras. Tem propriedade levemente abrasiva, limpa sem riscar. Pode ser usado puro, seco ou em misturinhas caseiras	Remover manchas em tecido e superfícies variadas; Clarear roupas; Neutralizar odores; Higienizar utensílios.
Água oxigenada 10 volumes líquida		Remoção de mancha de sangue; Remoção mancha desodorante.
Vinagre de álcool branco		Remoção de manchas; Neutralizar odor de suor; Amaciar roupa; Fixar cor das roupas.
Sal fino de cozinha		Clarear roupa; Fixar cor das roupas.

Como economizar produtos de limpeza?

Já vimos para que serve e onde usar os principais produtos de limpeza, agora vamos aprender como economizá-los? Além das recomendações listadas ao longo do livro, existem várias receitas e misturinhas que podem ajudar a reduzir custos. Aliás, no último capítulo deste livro, listamos receitas de uma série de preparados, verdadeiras misturinhas milagrosas que podem ser utilizados em várias etapas da limpeza da casa.

Para economizar é primordial a organização da despensa, geralmente o espaço onde se guardam os recipientes. Quando sou contratada para ensinar as empregadas domésticas a limpar a casa, a primeira coisa que faço é conhecer a despensa de produtos de limpeza e as ferramentas de trabalho.

Área de serviço e despensa desorganizada geram desperdício. Deparo-me, muitas vezes, com vários frascos de um mesmo produto abertos; panos, esponjas, rodinhos e frascos gastos, velhos e entulhados debaixo do tanque. Itens vencidos, mal diluídos. Desperdício, desperdício, desperdício! Evite essa situação, separe produtos em uso dos que estão em estoque! É simples e fácil resolver.

ORGANIZANDO OS PRODUTOS E O MATERIAL DE LIMPEZA

Em uma cesta ou balde que poderá ficar embaixo do tanque, você deixará os frascos em uso, os que estão abertos. Esse será o seu kit de limpeza diário. Ele facilita demais o trabalho ao evitar o vai e vem pela casa, pois tudo que você precisa estará ali, próximo de você, descomplicando a vida e economizando tempo e esforço físico.

Crie um local próximo da lavadora para os produtos de limpeza das roupas: sabão, amaciante, alvejante. Em um armário, prateleira, cesta ou caixa organizadora.

 Aposte nos frascos borrifadores spray, pois facilita muito o trabalho. Você consegue dosar a quantidade evitando o desperdício.

Não esqueça as luvas reutilizáveis, já existem modelos aderentes com fino toque que se adaptam melhor às mãos. Compre a luva do tamanho certo para sua mão, apertadas ou folgadas dificultam o manuseio dos objetos.

Aposte nas cores! Usar esponjas e panos de cor diferente para cada ambiente, pois evita contaminação e facilita a identificação do material pelo empregado doméstico.

Algumas sugestões de como você pode utilizar as cores para separar esponjas, panos e escovas de limpeza

Na cozinha	Na limpeza da casa
• Esponja evita risco azul • Pano de limpeza azul • Escovinha de limpeza cabo longo azul	• Esponja evita risco rosa • Esponja mágica • Panos de alta performance rosa/roxo e flanelas brancas
No banheiro	Na área de serviço
• Esponja evita risco verde • Panos de alta performance verde • Panos de chão brancos ou verdes • Escovinha de limpeza cabo longo verde	• Esponja tradicional verde/amarela • Escova lava roupas amarela • Escovinha de unha amarela

Kit básico de produtos de limpeza

MANUTENÇÃO - KIT BÁSICO

Casa	• Piso	detergente ou limpa piso perfumado
	• Móveis	multiuso de coco da Lucy (móveis)
	• Vidro	limpa vidros caseiro da Lucy
	• Estofado/Tapete	limpador de estofados da Lucy
Banheiro	• Bancadas/Pia	multiuso de coco da Lucy
	• Vaso	água sanitária diluída ou limpador de banheiro da Lucy
	• Piso	detergente
	• Lixeira/Ralo	óleo de eucalipto
Cozinha	• Fogão/gordura	vinagre, multiuso ou saponáceo cremoso
	• Piso	detergente
	• Bancadas	preparado de cravo da Lucy
	• Panelas	sabão em barra ou em pasta
	• Louça	detergente

Dicas importantes

- Faça você mesmo seu produto de limpeza. Porque isso representa tanto uma economia de seu dinheiro, quanto uma contribuição para a redução de lixo, embalagens, vasilhames plásticos e descarte na natureza de compostos químicos decorrentes destes produtos.
- Compre no atacado, locais em que a unidade/litro sai mais barato. Você pode dividir com a vizinha ou alguém da família. Lembre-se que é preciso ter espaço de armazenamento.
- Distribua em frascos pequenos os produtos que comprar em galão ou frasco grande; isso evita desperdício. Ou guarde o galão no estoque e encha um vidro menor para deixar em uso/aberto. Reponha sempre que acabar.

FAXINA – KIT BÁSICO

Casa		
	• Piso	detergente ou limpa piso perfumado
	• Móveis	multiuso de coco da Lucy (móveis)
	• Vidro	limpa vidros caseiro da Lucy
	• Estofado/Tapete	limpador de estofados da Lucy
Banheiro	• Bancadas/Pia	detergente ou saponáceo cremoso
	• Vaso	água sanitária + detergente ou limpador de vaso sanitário
	• Box	detergente com vinagre ou saponáceo cremoso
	• Piso	detergente ou saponáceo cremoso
	• Parede	água sanitária ou tira limo caseiro da Lucy
	• Lixeira/Ralo	óleo de eucalipto
Cozinha	• Fogão/gordura	vinagre, multiuso ou saponáceo cremoso
	• Piso	detergente ou preparado desengordurante da Lucy
	• Bancadas	detergente
	• Panelas	sabão em barra ou em pasta
	• Louça	detergente

- Se sua casa ou estabelecimento é grande, vale a pena comprar produtos concentrados, denominados como de uso profissional. São galões de 5 ou 10 litros vendidos em casa de síndicos ou distribuidoras e lojas especializadas. Esses itens devem ser diluídos, geralmente 100 ml rendem até 20 litros, dependendo do produto.
- Vale ressaltar que esses produtos concentrados profissionais não são os mesmos concentrados de uso doméstico que compramos nos supermercados. Esses devem ser usados conforme orientação do fabricante, sem exagero. Não adianta comprar concentrado e usar como se fosse normal.
- Refil pode ser uma alternativa econômica e, em muitos casos, vale a pena comprá-lo. Mas fique atenta, tem muita "pegadinha" por aí, antes de comprar o refil confira o preço do frasco convencional e compare.

| Você sabia?

Comprando os produtos concentrados e usando de forma correta, sem exageros, você está contribuindo com o meio ambiente? Isso porque o concentrado doméstico tem frasco menor e pode ser transportado em maior quantidade num caminhão, por exemplo. Sendo assim, é mais sustentável, pois economiza gasolina e polui menos.

| O que preciso saber antes de iniciar a limpeza da casa?

É fundamental também entender o significado de limpeza diária e faxina.

O QUE É LIMPAR: manutenção diária para não acumular sujeira. Limpeza de toda a casa – varrer, retirar o pó, passar pano molhado no piso, lavar louças, limpar vaso sanitário, pia, cuba e bancadas do banheiro, retirar o lixo, etc.

O QUE É FAXINA/LAVAR: limpeza detalhada, do piso, paredes, rodapés, aplicar produtos específicos para cada móvel ou material, geralmente é realizada uma vez por semana. Algumas limpezas são mensais ou trimestrais. O importante é fazer com cuidado e capricho e no tempo certo para evitar que a sujeira grude.

Outro ponto importante antes de iniciarmos a limpeza da casa: precisamos organizá-la. Este é um hábito fundamental, mesmo não estando limpa, a casa ganhará um outro visual; se você precisar sair correndo para resolver alguma coisa, sua casa não vai ficar de pernas para o ar. Se chegar uma visita você poderá receber de forma harmoniosa. E sabe o que é melhor? Geralmente o tempo gasto para fazer essa tarefa é de 15 a 40 minutos!

Como fazer?
- Retire a mesa do café, lave a louça.
- Recolha os objetos espalhados e guarde: brinquedos, chinelos, roupa fora do lugar, controle remoto, revista e jornal etc.
- Coloque as roupas de banho para secar.
- Retire o lixo do banheiro.
- Faça as camas.
- Coloque as roupas para lavar.

Pronto, a casa está organizada! Na sequência você define se vai sair para pagar contas, prosseguir com a limpeza da casa ou preparar o almoço.

Cronograma semanal

Estabelecer um plano de limpeza e manutenção é imprescindível para manter a casa em ordem, funcionando nos trilhos, sem que o caos se instale. Daí a importância de guardar as coisas no lugar após o uso, rever hábitos como o "deixa que eu faço amanhã". O mantra deve ser: manter as coisas em ordem, todas em seu devido lugar, como já falamos várias vezes por aqui. E o mais importante: que a família participe para que essa carga não fique no ombro de uma só pessoa.

Preparei dois cronogramas para que você possa se inspirar e preparar seu próprio cronograma, o seu plano semanal.

Não se esqueça de levar em consideração a rotina da família, os horários para refeição e o tempo disponível para dedicar a limpeza.

FAXINA POR CÔMODO

A ideia aqui é programar a faxina e fazer um cômodo por dia. Funciona assim, a cada dia da semana além da limpeza geral de manutenção em toda a casa, você vai faxinar um cômodo a sua escolha.

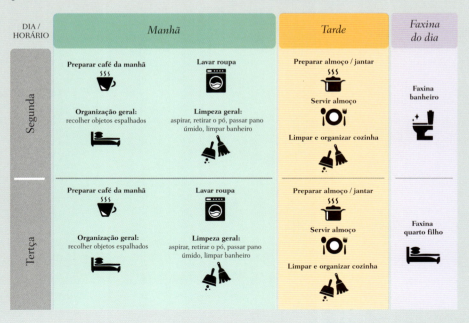

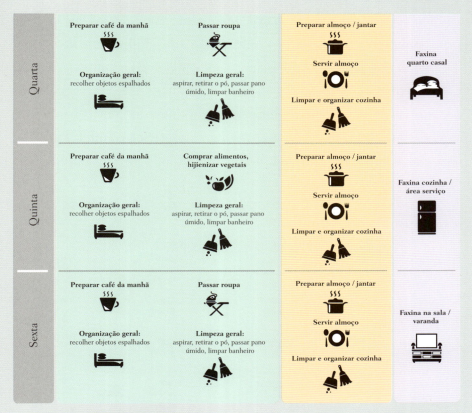

RODÍZIO DE FAXINA

Já falamos que para evitar o caos e o acúmulo de sujeira, é fundamental manter a casa limpa e em ordem durante a semana, mas e se você só tem tempo para se dedicar à faxina uma vez por semana?

Você chega tarde em casa, cansada após um dia intenso de trabalho e não tem ânimo para limpeza. Tudo bem, a maioria de nós está nesta situação.

Uma solução para manter a faxina em dia é contratar uma diarista, mas se você anda sem recursos para destinar parte de sua renda à essa profissional, aqui deixo uma sugestão de rodízio de faxina, onde você vai dividi-la em etapas alternando as tarefas/cômodos por semana.

Ou seja, durante a semana você manterá a casa em ordem, limpando e organizando os cômodos conforme sua disponibilidade de tempo.

No dia escolhido para a faxina, aquele dia onde você poderá dedicar mais tempo e atenção aos afazeres domésticos, além de você limpar a casa (varrer piso, passar pano úmido, retirar o pó, lavar banheiro), também escolherá um cômodo para dar mais atenção, aquele capricho especial, a chamada FAXINA.

MANUTENÇÃO DURANTE A SEMANA	LIMPEZA DE TODA A CASA NO DIA DE FOLGA	FAXINA POR CÔMODO A CADA SEMANA FAXINAR UM CÔMODO				
		SEMANA 1	SEMANA 2	SEMANA 3	SEMANA 4	SEMANA 5
Lavar louças, organizart cozinha	*Varrer/aspirar e passar pano no piso*	Faxina na sala	Faxina na cozinha / área de serviço	Faxina no quarto do casal	Faxina no quarto dos filhos	Voltar a fazer a FAXINA da semana 1
Limpeza geral dos cômodos	*Retirar o pó de móveis/ objetos/estofados*					E recomeçar o rodízio de faxinas
Limpeza geral do banheiro	*Lavar banheiro, áreas secas e molhadas*					**Obs.:** O banheiro deve ser lavado, faxinado toda semana
Lavar /passar roupas	*Organização geral da casa*					
Trocar roupa de cama/banho	*Limpeza da cozinha*					
Fazer compra de alimentos	*Limpeza organização área de serviço*					

CRONOGRAMA TAREFAS PROGRAMADAS

Para você não se esquecer de algumas limpezas, faça um cronograma com as tarefas que você só executará mensalmente, trimestralmente, semestralmente e anualmente. Pregue na porta do lado de dentro de um armário na área de serviço, para ficar fácil o acesso e visualização. Funciona assim: no campo mês, escreva à mão o dia em que a faxina foi executada e ao longo do ano vá conferindo e executando as tarefas.

Veja sugestão abaixo:

TAREFA PROGRAMADA	JAN	FEV	MAR	ABR	MAI	JUN	JUL	AGO	SET	OUT	NOV	DEZ
QUARTO CASAL												
Limpar dentro dos armários com vinagre												
Paredes, tomadas, interruptores												
Lavar tapetes												
Lavar cortinas												
Manutenção ar condicionado												
BANHEIROS												
Limpar dentro dos armários com vinagre												
Limpar portas, tomadas, luminária												
QUARTOS HOSPEDES												
Limpar luminária, parede, interruptores												
Aspirar colchão, travesseiros												
SALA ESTAR E JANTAR												
Limpar portas, luminária, parede, tomada												
Lavar enfeite e objeto decoração vidro/louça												
COZINHA, ÁREA SERVIÇO, DESPENSA												
Limpar dentro dos armários cozinha / área de serviço												
Limpar forno (vidro, grade, interno)												
Limpar e organizar prateleiras despensa												
Limpar e organizar congelador												
6 em 6 meses												
Lavar cortinas da casa												
Limpar cristais, talheres, louças do buffet												
Encerar móveis de madeira												

| Limpeza da casa

Após nossa parte inicial sobre como planejar a limpeza da casa, vamos apresentar agora uma segunda etapa: colocar a mão na massa.

Resolvemos, por questões didáticas, dividir a limpeza por cômodos, começando pelos quartos, seguindo pela salas (TV, estar e jantar) cozinha, e, por fim, os banheiros.

VAMOS POR PARTES?

| QUARTOS

Uma noite bem dormida não tem preço, aliás, tem! O sono é responsável pela recuperação do corpo e tem papel fundamental para uma boa saúde. Além disso, o quarto é o local da nossa intimidade, do aconchego. Colchões adequados, roupa de cama limpa e perfumada e um clima de limpeza são fundamentais para garantir bons sonhos!

ROTEIRO E PLANEJAMENTO

Assim como todas as demais partes da casa, o quarto requer cuidados diários para evitar o acúmulo de sujeira. Diariamente, ao acordar abra a janela, forre e arrume as camas. Recolha e guarde objetos espalhados pelo cômodo.

Limpeza diária	Limpar piso varrer / passar pano	Retirar o pó dos móveis
Limpeza semanal	Trocar roupa de cama	Limpar ventilador de teto
	Limpar piso varrer / passar pano	Limpar varão da cortina
	Retirar o pó dos móveis	Limpar filtro do ar condicionado
Limpeza quinzenal	Limpar os vidros	Higienizar colchão
Limpeza mensal	Limpar o teto	Limpar estrado das camas
	Limpar os interruptores	Aspirar o box das camas / trocar saia do box
	Limpar os rodapés e portas	
Limpeza trimestral	Lavar capas dos travesseiros e almofadas	Lavar cortinas e tapetes leves
Limpeza anual	Lavar cortinas e tapetes pesados	Manutenção no ar condicionado

Higienizar colchão, estofados, tapetes a cada 15 dias. É simples e fácil, basta espalhar bicarbonato de sódio seco, deixar agir por 30 minutos, aspirar ou escovar.

Limpeza específica

CAMA

Diariamente: remova o pó de todas as partes da cama, principalmente da cabeceira.

Mensalmente:

Camas convencionais com estrado devem ser limpas a cada mês para evitar que umidade, poeira e teias de aranha se instalem. Retire o colchão e limpe o estrado com escova ou vassoura de piaçava. Passe um pano úmido nos cantos para remover possíveis ovos de barata e aranhas.

Cama box deve ser aspirada uma vez por mês para evitar acúmulo de poeira.

 Em cama baú, uma vez por semana abra para respirar, trocar o ar. Deixe o baú aberto por 30 minutos, de preferência no horário que o sol entrar no quarto. Evite guardar sacos, sacolas e papéis dentro do baú, pois pode atrair insetos. Cama baú é sua aliada, use com sabedoria para organizar roupas de cama, mesa e banho e peças, como casacos ou rouparia de uso menos frequente.

Cabeceira

Estofada com tecido: aspire ou escove uma vez por semana. Limpe com pano úmido bem torcido, molhado em água com detergente.

De 3 em 3 meses, use um produto específico para limpeza de estofados. Existem várias espumas de limpeza a seco no mercado. Você pode usar o limpador de estofados da Lucy (receita na página 151).

Estofada com couro escuro (couro legítimo ou ecológico): semanalmente, limpe com pano úmido bem torcido.

De 3 em 3 meses, limpe com multiuso de coco da Lucy e hidrate aplicando vaselina líquida com pano limpo.

Estofada de couro branco (couro legítimo ou ecológico): o couro branco fica amarelado, encardido com o passar do tempo.

Mensalmente, limpe com multiuso de coco da Lucy (receita na página 141), depois hidrate com vaselina líquida ou hidratante para couro de sua preferência.

AR CONDICIONADO

Semanalmente: faça a limpeza removendo a tela e lavando em água corrente com escovinha.

Mensalmente: limpe a tela e o filtro. No supermercado você encontra produto para higienização do ar condicionado. Siga recomendação do fabricante.

Anualmente: para manutenção, uma vez por ano solicite a visita de um técnico para avaliar o aparelho e verificar a necessidade de higienização.

VENTILADOR DE TETO

Semanalmente: limpe com esponja e detergente ou esponja e multiuso de sua preferência. O preparado multiuso de coco da Lucy com saponáceo é ótimo para limpar o ventilador de texto (receita na página 141). O ideal é limpar toda semana, para evitar acúmulo de sujeira. Lembre-se que o ventilador sujo vai espalhar sujeira pelo ar.

Não use multiuso com cloro ativo ou água sanitária nas hastes/pás de cores claras, pois podem manchar ou deixar amareladas.

 Após a limpeza passe lustra-móvel nas pás, formando uma película protetora e evitando que a sujeira grude.

JANELAS E PORTAS

Retire o pó com pano úmido bem torcido, quase seco. Para ajudar a remover o pó acumulado nas frestas, use aspirador de pó ou um pincel.

Esquadrias de alumínio: misture em um litro de água, 2 colheres cheias de detergente e 2 colheres de vinagre de álcool claro. Passe na esquadria com uma esponja macia ou um pano. Seque. Você também pode usar o multiuso de coco da Lucy (receita na página 141).

Segundo o portal Metalica informa, não devemos usar produtos derivados de petróleo (vaselina, removedor, thiner etc.). O uso de tais produtos, num primeiro instante pode deixar a superfície mais brilhante e bonita. Porém, em sua fórmula existem componentes que atraem partícula de poeira e agirão como abrasivo, reduzindo a vida do acabamento superficial do alumínio. Derivados de petróleo também podem ressecar plásticos e borrachas, fazendo com que percam a sua ação vedadora.

Janelas de madeira pintadas ou envernizadas: retire o pó com pano úmido bem torcido, quase seco. Para ajudar a remover o pó acumulado nas frestas, use aspirador de pó ou um pincel.

Mensalmente, faça uma boa limpeza com pano molhado e detergente neutro. Seque. Não jogue água, nem lave com água em abundância.

Trimestralmente, limpe a janela e depois dê polimento com cera em pasta incolor.

| Guarda-roupas

LIMPEZA

PORTAS, PARTE EXTERNA

Semanalmente: se o móvel recebe muita poeira, vale a pena passar um pano úmido, quase seco, para remover o pó das portas. Caso contrário, limpe a cada 15 dias.

Mensalmente: faça uma boa limpeza para remover a sujeira das portas, usando o preparado multiuso de coco da Lucy (receita na página 141).

PRATELEIRA, CABIDEIRO, PARTE INTERNA

Semanalmente: diariamente, por cerca de 15 minutos, deixe as portas do guarda roupa abertas para que o ar circule.

Mensalmente: faça uma boa limpeza dentro dos guarda-roupas usando o limpador de guarda-roupas da Lucy (receita na página 147).

Mofo moderado: uma vez por mês, limpe o armário com vinagre de álcool puro ou com um limpador fungicida. Deixe as portas abertas por 2 horas. O vinagre remove fungos que provocam o mofo. Não se preocupe, pois o produto não danifica, não mancha e o cheiro sairá em até 24 horas.

Mofo grave: tire tudo do armário e/ou guarda roupas. Ferva 1 litro de vinagre, distribua em três vasilhas sem tampa e distribua dentro do guarda-roupa e/ou armários com as portas fechadas por até 2 horas.

Depois limpe o armário com vinagre puro ou com o limpador de armário da Lucy (receita na página 147). Deixe aberto por várias horas para secar totalmente.

 O mofo pode ser causado por problemas estruturais, se for o seu caso, providencie os reparos, caso contrário o mofo será recorrente. Não guarde papéis nos armários de roupa. Não guarde roupas em sacos plásticos. Se possível, mantenha os armários afastados 5cm da parede. Não guarde roupa úmida ou suja dentro do armário.

| Organização

TODA AJUDA É BEM-VINDA! Tenha uma assistente para auxiliar, convide alguém para ajudar, pode ser aquela amiga que gosta de organização ou mesmo sua empregada. Ela pode ajudar com as dobras e pendurar as roupas. O ideal é disponibilizar um ou dois dias para organizar todo o guarda-roupas, mantenha o foco e evite distrações, como dissemos no capítulo inicial.

Os produtos organizadores serão seus aliados. Antes de iniciar a organização, avalie o que será necessário. Sacos à vácuo, por exemplo, otimizam o espaço e podem ser comprados em lojas de utilidade para o lar, *home centers* e supermercados. Versáteis, existem modelos onde não é necessário usar o aspirador de pó para sugar o ar do seu interior.

Uma sapateira ou armário extra pode ser a solução para falta de espaço. Pode ser colocado na varanda, área de serviço ou no quartinho dos fundos, avalie e providencie antes de colocar a mão na massa. Existem modelos desmontáveis, que você encontra em *home centers* e lojas de utilidade para o lar, com preços acessíveis.

POR ONDE COMEÇAR A ORGANIZAÇÃO?

DESCARTE E DOAÇÃO

Abra seu guarda roupa e retire as roupas que você não gosta, não usa ou não lhe servem mais. Acredite, se uma roupa do dia a dia ou mesmo alguma roupa de festa não foi usada nos últimos dois anos, dificilmente será usada novamente.

Retire as roupas que precisam de limpeza, estão manchadas ou ressecadas precisando de hidratação, como é o caso das roupas de couro.

Tenha em mãos sacolas ou cestas para você colocar as roupas que serão doadas, descartadas ou que precisam de reparos.

Nesta etapa, se questione sobre a necessidade de cada item. Pode demorar um pouco, se não dispor de muito tempo para organizar, pratique o desapego em um dia anterior.

Veja um exemplo prático:

1) Eu realmente preciso de todas essas meias?

2) Todas essas meias estão em bom estado de uso?

3) Há quanto tempo eu não uso essas meias?

MÃO NA MASSA

Após o descarte, é hora de categorizar. Para isso, você precisa enxergar o volume de roupas por tipo. Escolha por onde começará a organização; se for pelo cabideiro, organize até que ele fique pronto e só depois comece a organizar as roupas de gavetas. Tenha em mente que dobrar leva mais tempo do que pendurar, certo?

No cabideiro, prioritariamente penduramos as roupas de tecido, principalmente as que amassam muito. Vestidos, calças, saias e bermudas ficam melhor penduradas do que dobradas; se tiver espaço no cabideiro, pendure-as.

A maioria das pessoas não faz ideia da quantidade de roupas que tem. Só quando retirar do guarda-roupas e categorizar, teremos a exata noção do volume e quantidade. Conhecer o volume ajudará a definir onde cada roupa ficará.

Por exemplo, você tem uma gaveta abarrotada com roupas de ginástica, afinal você faz muita atividade física e todo dia usa aquelas roupas, ou seja, *elas são prioridade*.

Talvez seja melhor você esvaziar uma gaveta que esteja ocupada com roupas ou objetos que você usa pouco e destinar duas gavetas para as roupas de academia, priorizando assim o que você usa diariamente.

Consegue perceber que, desta forma, você poderá organizar melhor, deixando tudo visível e à mão, descomplicando seu dia a dia?

Você pode estar se perguntando, "mas e as roupas que estavam na gaveta que desocupei?". Ah, essas você poderá guardar em uma caixa, cesta ou embalagem de TNT. Elas funcionarão como uma gaveta. Depois disponha de uma prateleira ou espaço no alto do armário, afinal, você não usa todos os dias essas roupas/objetos.

 Caixas transparentes e embalagens de TNT com visor são ideais para agrupar objetos e roupas dentro do guarda-roupas. Elas deixam tudo à vista e isso facilita a identificação, principalmente de coisas que você não usa diariamente, mas usa com certa frequência.

GAVETA DE ROUPA ÍNTIMA

Se o tamanho da gaveta permitir, organize sutiã e calcinha juntos; ou meias e cuecas, caso contrário crie uma gaveta para cada roupa íntima.

Para que fique bem organizado, compre um organizador tipo colmeia ou sanfona – ou faça você mesmo o seu organizador, existem vários tutoriais ensinando a fazer organizadores na internet.

Os sutiãs devem ser guardados abertos um dentro do outro.

Faça rolinhos com as camisolas e pijamas, o princípio do retângulo se aplica na maioria das dobras. Veja como é simples, na foto a seguir:

GANCHOS

Aproveite as portas e laterais dos armários, instale porta cintos, gravatas, porta-lenços, etc. Eles garantem organização e otimizam os espaços.

BANDEJAS

Bandejas e cestas sempre ajudam: elas agrupam os itens, delimitando o espaço. Logo quando a cesta/bandeja estiver cheia, está na hora de analisar se vale a pena continuar com todas as peças. Outra vantagem é a limpeza, fica fácil remover e limpar a superfície, seja uma bancada, prateleira, mesa ou criado-mudo.

CABIDEIRO

O ideal é ter cabides padronizados, não só pela estética, mas também pela funcionalidade. Se for do mesmo tamanho e altura, eles facilitam a manutenção.

Separe as roupas por tipo, categorizando as peças. Manga longa, manga curta, regata, sem manga. Calça, bermuda e short podem ser pendurados preferencialmente uma peça por cabide. Se não tiver espaço, dobre e guarde em gavetas ou prateleiras.

Os cabides com presilhas são ideais para pendurar bermudas, short e saias de tecido grosso e firme, como jeans e brim. O cabide tipo prancha é o apropriado para saia, short e bermuda em tecido delicado.

| SALAS

Na sala assistimos TV, descansamos, conversamos ao lado de nossa família, recebemos os amigos, confraternizamos e vivemos bons momentos.

Composta por móveis e eletrodomésticos geralmente muito usados por toda a família, devemos dar atenção especial para evitar acúmulo de sujeira que deteriora e estraga os móveis.

ROTEIRO E PLANEJAMENTO

Este cômodo também requer cuidados diários para evitar o acúmulo de sujeira. O ambiente precisa ficar arejado, mas a manutenção da limpeza na retirada da poeira é muito importante.

Limpeza diária	Limpar piso varrer / passar pano	Retirar o pó dos móveis
Limpeza semanal	Limpar piso varrer / passar pano	Limpar varão da cortina
	Retirar o pó dos móveis	Limpar filtro do ar condicionado
	Limpar ventilador de teto	
Limpeza quinzenal	Limpar os vidros	
Limpeza mensal	Limpar o teto	Limpar parede
	Limpar os interruptores	Lavar adornos e enfeites
	Limpar os rodapés e portas	
Limpeza trimestral	Lavar cortinas e tapetes leves	Limpar quadros e livros
Limpeza semestral	Lavar taças e louças de pouco uso	
Limpeza anual	Lavar cortinas e tapetes pesados	Lavar estofados com empresa especializada
	Manutenção no ar condicionado	Dedetizar

Higienizar estofados e tapetes a cada 15 dias é simples e fácil, basta espalhar bicarbonato de sódio seco, deixar agir por 30 minutos, aspirar ou escovar.

Para remover mau cheiro dos estofados, borrife a cada 3 dias o preparado limpador de estofados/colchão da Lucy, isso o manterá livre do cheiro de cigarro, suor e gordura. Veja receita na página 151.

Limpeza específicas

PAINÉIS MDF/MADEIRA

Painéis de MDF/madeira – idem à limpeza do guarda-roupas (página 147).

CORTINAS

As cortinas de tecido pesadas e volumosas devem ser lavadas uma vez por ano, remova e mande para lavanderia especializada. Outra opção é contratar uma empresa que faz a limpeza em sua residência.

As cortinas de tecido leve devem ser lavadas a cada 3 meses. A maioria pode ser lavada em casa, na lavadora de roupas. Use lava roupas líquido, alvejante sem cloro para auxiliar na remoção da sujeira e amaciante para perfumar. Antes de colocar na lavadora, coloque a parte dos ilhoses que se fixam ao varão dentro de um saco lava-roupas e feche, ou dentro de uma fronha e amarre.

As persianas devem ser limpas semanalmente, para evitar o acúmulo de poeira. Use o aspirador de pó com bocal de escova, principalmente nas persianas de tecido. As de PVC e madeira são facilmente limpas com uma meia úmida e torcida calçadas nas mãos, ou use uma haste tripla revestida de microfibra à venda em lojas de utilidades domésticas.

TAPETES

Se você tem tapetes em casa, o ideal é que tenha também um bom aspirador de pó, eletrodoméstico fundamental para manutenção dos tapetes.

Tapetes de algodão e alguns tipos de materiais podem ser lavados em casa, na lavadora de roupas. Leia a etiqueta, tire dúvida com um profissional ou com quem lhe vendeu o tapete, caso contrário mande para a lavanderia.

Se optar por lavar o tapete em casa, evite esfregar vigorosamente com escovas e vassouras de cerdas duras e rígidas, com o tempo os fios podem ser danificados.

Tapetes grandes e pesados, devem ser lavados a cada semestre quando instalados em áreas de grande circulação ou anualmente, caso esteja em local de pouca circulação e uso.

 Quando limpar com pano molhado o piso embaixo do tapete, devemos secar o piso por completo e só depois virar as pontas do tapete para baixo. Colocar o tapete em cima de piso úmido ou molhado apodrece e danifica; com o tempo o tapete começará a soltar pó. Fique atento!

Manutenção: aspire com aspirador de pó ou varra com vassoura de cerdas macias.

Limpeza semanal: aspire com aspirador de pó.

Limpeza quinzenal: faça higienização de todo o tapete usando bicarbonato de sódio. Espalhe bicarbonato de sódio puro e seco por todo o tapete, deixe agir por 30 minutos. Aspire ou escove removendo todo o bicarbonato. A higienização com bicarbonato remove poeira, ácaros e fezes, neutraliza odores. Se tiver pessoas com alergias em casa, aumente a frequência, faça higienização uma vez por semana.

Neutralizando odores: use a receita da página 151, nosso preparado limpador de estofados e colchão.

Remover manchas: bata no liquidificador ou batedeira um litro de água morna com ¼ de xícara de detergente ou sabão líquido, até formar bastante espuma. Aplique a espuma na mancha com ajuda de uma escova macia ou esponja. Remova limpando com pano úmido. Finalize com secador de cabelo na temperatura morna.

Manchas de gordura: o velho truque do talco ou amido de milho é um santo remédio! Cubra a mancha com talco ou amido de milho para absorver toda a gordura. Deixe agir de duas a seis horas, depois escove. Se necessário, aplique o removedor de mancha.

ESTOFADOS

Limpeza diária: aspire com aspirador de pó ou limpe com pano úmido bem torcido.

Limpeza semanal: espalhe bicarbonato de sódio seco, deixe agir por 30 minutos, aspire ou escove para remover o bicarbonato. Essa limpeza higieniza o estofado mantendo-o limpo, sem pelo, sem cheiro de suor. Remove ácaros e pelos de animais. Se o uso do sofá é moderado, se a família não faz as refeições no sofá, tampouco não tem animais em casa, essa limpeza pode ser feita quinzenalmente.

Remoção de manchas: essa mistura pode ser passada em vários tipos de tecido, mas antes de limpar faça um teste passando a mistura em um pedacinho do sofá para ver como o tecido reagirá. Já testei em sofás de tecido, linho, algodão, suede, camurça e chenile.

INGREDIENTES

1 colher de sabão lava roupas líquido.

1 colher de bicarbonato de sódio.

MODO DE FAZER

Misture os ingredientes até ficar homogêneo.

MODO DE USAR

Com uma escovinha, aplique a mistura na mancha e esfregue com movimento de vai e vem, no sentido da fibra do tecido. Deixe agir por 10 minutos, esfregue novamente. Com um pano molhado e torcido, remova o excesso do sabão. Seque com secador de cabelo, jato morno. Após secar se a mancha ainda estiver no tecido, repita a operação.

ESTOFADOS DE COURO LEGÍTIMO E COURO ECOLÓGICO

Couro escuro

Limpeza semanal: limpe com pano úmido e torcido

Limpeza trimestral: limpe com multiuso de coco da Lucy, depois hidrate com vaselina líquida. Basta aplicar a vaselina no tecido e dar brilho no sofá. Deixe o couro absorver, pois assim ficará bem hidratado.

Couro branco/claro

Limpeza semanal: limpe com limpador de coco da Lucy.

Limpeza mensal: faça a limpeza do sofá com limpador de coco da Lucy e uma esponja. Depois hidrate com vaselina líquida, é só aplicar a vaselina no tecido e dar brilho no sofá. Deixe o couro absorver, pois assim ficará bem hidratado.

Você pode hidratar o couro com hidratante corporal, de preferência aqueles mais concentrados para pele seca. Seu sofá ficará perfumado, limpo e hidratado.

ADORNOS

Remova o pó diariamente com uma flanela ou pano de alta performance. Os espanadores de microfibras ajudam a limpar as peças maiores e não delicadas. Peças de louça, vidro e cristal devem ser lavadas mensalmente, com água e detergente neutro.

Para deixar as peças de cristal brilhantes, aposte no vinagre. Lave com água e detergente neutro, enxágue e depois mergulhe as peças em água com vinagre de álcool claro na proporção de 5 litros de água morna para ½ copo de vinagre. Para inox e prata, veja informações no capítulo Cozinha.

MÓVEIS

MDF, LAMINADOS

Veja informações na página 147, limpeza dos armários de MDF.

MADEIRA MACIÇA

Limpeza diária: remova o pó com um pano úmido quase seco, limpe no sentido do veio da madeira.

Precaução: não use lustra-móvel, nem produtos à base de silicone, porque deixam a madeira úmida. Relatei casos onde a prática de limpeza com lustra-móvel apodreceu a madeira, ou deu mau cheiro.

Manutenção do brilho: a cada três meses, aplique cera em pasta incolor e dê polimento.

Remoção de manchas de água: use uma lixa média ou palha de aço fina no sentido do veio da madeira. Remova o pó e aplique azeite de oliva, cera em pasta incolor ou querosene.

MADEIRA ENVERNIZADA

Limpeza diária: remova o pó com pano úmido quase seco, limpe no sentido do veio da madeira.

Manutenção do brilho: a cada seis meses, aplique uma mistura de óleo de linhaça e álcool em partes iguais. O cheiro é forte e vai demorar de 5 a 7 dias para sair, mas os móveis ficam como novos.

Atenção, não use lustra-móvel nem produtos à base de silicone.

Esses procedimentos são válidos para quaisquer peças de madeira encerada ou envernizada – painéis, portas, rodapé, armários, cristaleira, cadeiras, poltronas e mesas.

Trimestralmente: dê polimento com cera em pasta incolor, aquela de antigamente, em lata, usada para lustrar o piso.

Remova manchas usando lixa para madeira média ou palha de aço fina (número zero), com movimentos no sentido do veio da madeira. Depois remova o pó e aplique cera em pasta incolor, dê polimento com flanela e escova de sapateiro.

REVITALIZAR MADEIRA

Receita 1

Recomendo aqui a receita que minha mãe usa em uma mesa antiga, de madeira maciça, que fica em sua cozinha. Ela aprendeu com a artesã Cátia Feijão, do Rio de Janeiro.

INGREDIENTES

100 ml de vinagre de álcool claro

100 ml de óleo de linhaça

100 ml de terebintina

MODO DE FAZER

Misture todos os ingredientes em um frasco ou garrafa com tampa, agite bastante até ficar bem homogênea e com coloração levemente amarelada. Coloque em um frasco borrifador spray.

Modo de usar

Borrife no pano e passe no móvel uma vez por semana até ficar revitalizado. Se quiser ressaltar os veios da madeira, aplique a mistura em uma esponja de aço e limpe no sentido do veio da madeira.

Receita 2

Receita prática e muito eficiente, renova a madeira e dá um brilho especial.

Ingredientes

½ xícara de vinagre de álcool claro

½ xícara de chá de azeite de oliva

*Azeite virgem comum, também conhecido como azeite doce em algumas regiões do país. Mas atenção, não pode ser óleo puro ou composto.

Modo de fazer

Em um recipiente, misture os ingredientes. Molhe um pano na mistura e passe no móvel até absorver a mistura, se necessário repita a operação.

Manutenção

Repita o procedimento a cada 3 meses.

RODAPÉ DE MADEIRA

Semanalmente: remova o pó com aspirador e acessório escova, ou varra com vassoura de pelo.

Mensalmente: limpe com um pano molhado em água e sabão de coco.

Manutenção: a cada 3 ou 5 anos é necessário lixar e envernizar ou pintar novamente o rodapé

PAPEL DE PAREDE

Vinílico (lavável): produto lavável com água, sabão de coco ou detergente. Podem ser limpos e higienizados com vinagre, álcool e desinfetantes bactericidas.

Sempre usar esponja macia e pano limpo. Nunca usar esponja abrasiva, saponáceos, amônia.

Vinilizado (que tem proteção leve para limpeza): para limpar, molhe uma esponja macia ou pano limpo em uma solução de água com sabão de coco. Esfregue delicadamente até sair a mancha de sujeira ou mofo. Depois seque com pano limpo e macio.

Nunca usar álcool, cloro, esponja abrasiva, desinfetantes e saponáceos.

Atenção: se o mofo for na superfície, ele desaparecerá de imediato. No caso de estar sob a superfície (entre a parede e o revestimento), nada poderá limpá-lo pois estará alojado na parede. Neste caso, deve-se arrancar o papel e tratar a parede contra infiltração ou o que estiver ocasionando o mofo.

LIMPEZA DE QUADROS E TELAS

Quadros com tampo de vidro
Uma vez por semana, limpe o vidro com lenço ou toalha de papel e um pouquinho de álcool (líquido ou gel).

Molduras lisas
Uma vez por semana, limpe com pano seco.
Trimestralmente, retire o pó com pano seco e depois passe no verso do quadro um pano embebido em querosene de uso doméstico, ou terebintina para prevenir contra traças e insetos.

Molduras trabalhadas (com reentrâncias)
Uma vez por semana, limpe as molduras com pincel macio.
Trimestralmente, retire o pó com pano seco e depois passe no verso do quadro um pano embebido em querosene de uso doméstico, ou terebintina para prevenir contra traças e insetos

Telas

Atenção, não use aspirador de pó, nem pano úmido sobre a tela.

Uma vez por semana, para remover o pó, escove com escova bem macia de pelo de animal. Retire o pó com pano seco e depois passe no verso do quadro, no maderite, um pano embebido em querosene de uso doméstico ou terebintina para prevenir contra traças e insetos.

A cada seis meses, retire um tampo da batata e vá esfregando na tela, como se ela fosse uma esponja. A medida que a batata for sujando, retire a parte suja e volte a passar na tela. Repita a operação até que a batata, depois de passada na tela, esteja clara.

Limpeza de telas
LED e LCD

Desligue seu monitor. Limpe os cantinhos usando um pincel macio para remover todo o pó.

Para limpeza diária, nada mais do que um pano úmido bem torcido. Prefira pano macio, limpo e que não solte pelos. As toalhas de microfibra ou panos de alta performance são ótimas opções. Flanelas brancas também são boas, pois não arranham a tela, apesar de soltar pelo.

Para remover manchas de gordura e marcas de dedos, um pano molhado em água com detergente e bem torcido resolve bastante.

Os limpadores de tela em spray são grandes aliados e foram desenvolvidos especificamente para tal. Se aí na sua casa a sujeira é recorrente, compre um frasco para facilitar a sua vida.

Não use papel, nem empregue força para limpar a tela, aqui o que vale é a delicadeza.

Álcool isopropílico usado com moderação também é ótimo, remove sujeira e facilita o trabalho. Mas teste antes para ver como sua tela reage, se ficar esbranquiçada, prefira não usar. Limpe passando a flanela com o produto, o ideal é aplicar apenas uma pequena quantidade do álcool isopropílico, não molhe muito para não escorrer para dentro da tela.

Limpeza de vidros

O PANO

Existem vários panos no mercado, os de alta performance (de microfibra) desenvolvidos para limpeza de vidro são fantásticos. Mas as fraldas e os panos de saco, tipo pano de prato de boa qualidade, também funcionam muito bem. Mantenha-os limpos e secos, prontos para o uso.

A TÉCNICA

Borrifador em uma das mãos. Na outra mão, o pano que você usará para limpar o vidros. Borrife o limpa vidros no pano, nunca no vidro. Limpe o vidro passando o produto. Com outro pano seco, seque o vidro.

O LIMPA VIDROS

Você pode usar um limpa vidros comprado em supermercado, mas recomendo que experimente o meu fabuloso limpa vidros caseiro.

É fácil de fazer e com excelentes resultados. Ótimo para limpar qualquer vidro: de loja, box de banheiro, portas, janelas e fechamento de varanda. Limpa vidros/janelas com maresia, pó de mineiro e sujeira em geral. Deixa limpo e cristalino ao mesmo tempo.

A receita me foi passada pela querida Cristina, que usa em sua loja lá em Alfenas/MG.

RECEITA LIMPA VIDROS CASEIRO DA LUCY

INGREDIENTES

250 ml de álcool

250 ml de vinagre de álcool claro

1 colher de chá rasa de detergente

Misture tudo e coloque em um frasco borrifador

MODO DE USAR

Quando for limpar, faça por partes. Limpe um pedaço e seque. E assim sucessivamente até limpar toda a janela, porta etc. Isso evita que o preparado seque e manche o vidro.

Borrife no pano e limpe a superfície. Seque com um pano limpo e seco.

Você também pode limpar vidraças – janelas e portas com uma solução bem prática. Faça uma solução com 2 litros de água e 5 gotas de removedor ou querosene de uso doméstico.

| Pisos

Lido diariamente com clientes desesperados com a perda do brilho, acúmulo de sujeira e arranhões nos pisos. Percebo que a maioria das pessoas é mal informada e não sabe fazer a manutenção dos pisos, acarretando em manchas e arranhões, mesmo em materiais tidos como ultra resistentes e duráveis.

Os fabricantes recomendam limpar diariamente com água e sabão neutro, mas acredite, já passei por várias casas com piso sujo e em muitos casos, o melhor a se fazer para limpar o acúmulo de sujeira é usar produtos especialmente desenvolvidos para limpeza pesada dos pisos.

Multiuso, alvejante clorado, removedores de ferrugem, limpa alumínio, desinfetantes, quando usados inadvertidamente, danificam o piso, removem o esmalte, corrói, ocasiona manchas esbranquiçadas ou amarelamento.

Para limpeza diária, use vassoura de pelos ou aspire com aspirador de pó, passe pano molhado em água com detergente e seque.

Semanalmente, use limpa piso de sua preferência dissolvido em água. Se estiver muito sujo, prefira usar limpa piso em gel, limpeza pesada ou limpeza profunda, todos são facilmente encontrados nos supermercados. Cada piso tem sua particularidade na hora da limpeza.

PORCELANATO

Mensalmente, aplique limpa piso porcelanato de alta performance, um limpador alcalino que ajuda a remover a sujeira grudada e que, com o tempo, ofusca o brilho do porcelanato.

MADEIRA E LAMINADO

Diariamente, passe pano úmido em água com detergente, torcido quase seco no sentido da régua.

Para faxina, use pano molhado, levemente torcido, somente em casos de muita sujeira, pós obra, pós festa ou outra situação que tenha deixado o piso muito sujo. Nunca passe pano encharcado com água demais, pois isso provoca estufamento entre as tábuas.

PEDRAS (GRANITO, MÁRMORE)

Semanalmente, com pano molhado em água com detergente ou limpa piso de sua preferência. Aplique álcool em gel de eucalipto e espalhe com um pano úmido bem torcido. O piso ficará super brilhante e o cheirinho de eucalipto deixará sua casa perfumada.

Se o piso estiver encardido, aplique saponáceo cremoso em uma esponja e esfregue diretamente na área, depois remova o produto com pano molhado e seque. Ou utilize produto limpa piso de alta performance, desenvolvido especialmente para limpeza de pedras naturais.

REMOÇÃO DE MANCHAS EM PISO

Importante remover a mancha limpando imediatamente com pano ou toalhas absorventes. Algumas manchas saem facilmente quando aplicadas sobre elas uma solução de água com detergente e vinagre. Dissolva um copo de água quente, 3 colheres de vinagre de álcool ou maçã e 1 colher sopa de detergente, misture e aplique sobre a mancha com esponja macia.

MANCHAS ESPECÍFICAS

Modo de usar: aplique uma quantidade pequena do produto (listado na tabela abaixo) em uma esponja ou flanela. Esfregue até remover a mancha por completo, finalize com pano úmido para retirar o produto aplicado e seque.

Observações importantes: thinner, querosene, água sanitária e os produtos à base de cloro devem ser utilizados com cautela. Faça um teste antes de limpar toda a superfície, o ideal é que molhe um pedacinho de algodão com o produto e aplique no piso em local escondido, como por exemplo, embaixo do sofá. Após aplicar, deixe agir por 10 minutos, remova o produto com pano molhado e seque. Verifique a reação do produto no piso, se não manchar, prossiga com a retirada da mancha.

MANCHA	PRODUTO DE LIMPEZA
Graxa, óleo	Saponáceo cremoso ou multiuso cloro ativo.
Tinta de parede	Thinner, querosene de uso doméstico, águarraz, ou produto desenvolvido especialmente para remoção de manchas em pisos.
Ferrugem	Saponáceo cremoso ou removedor de ferrugem para pisos.
Cerveja, vinho, café, refrigerante	Água sanitária ou multiuso Cloro Ativo.
Borracha de pneu	Saponáceo cremoso.
Caneta hidrocor	Acetona, álcool, thinner, spray de cabelo.
Lápis	Apagar com borracha escolar ou saponáceo cremoso.
Giz de cera	Saponáceo cremoso ou esfregar com bicarbonato de sódio.

| BANHEIROS

"Não é o lar o último recesso do homem civilizado, sua última fuga, o derradeiro recanto em que pode esconder suas mágoas e dores. Não é o lar o castelo do homem. O castelo do homem é seu banheiro. Num mundo atribulado, numa época convulsa, numa sociedade desgovernada, numa família dissolvida ou dissoluta, só o banheiro é um recanto livre, só essa dependência da casa e do mundo dá ao homem um hausto de tranquilidade." Citação de Millor Fernandes.

Uma mãe com filho recém-nascido sabe bem o que significa a paz de um banheiro limpo, cheiroso, pronto para um banho dos pés à cabeça. Banheiro limpo e ponto. Mãos à obra.

ROTEIRO E PLANEJAMENTO

Para manter o banheiro limpo, tem que cuidar e dar manutenção diária. Quanto mais pessoas usam este cômodo, mais sujo e mais manutenção requer.

Limpeza diária	Limpar cuba, bancada e espelho	Limpar piso da área seca
	Retirar o lixo	Lavar box e parede área molhada
	Lavar dentro do vaso	Lavar piso e ralo da área molhada
Limpeza semanal	Lavar área seca e molhada	Não jogue água na bancada
	Não use esponja de aço	Não molhe armários e espelho
	Pingar gotinhas de óleo de eucalipto no ralo	
Limpeza quinzenal	Lavar cortina de plástico	
Limpeza mensal	Limpar e organizar dentro dos armários	
Limpeza trimestral	Lustrar metais com cera de carro	Lavar chuveiro

Eu gostaria mesmo era de ter meu próprio banheiro, só meu, com meus cremes, revistas, música ambiente, banheira e toalhas felpudas. Um banheiro sempre limpo, cheiroso e pronto para me receber, e vocês?

 Pelo menos uma vez por semana devemos lavar o banheiro, tanto a área molhada quanto a área seca. Se a casa tiver um banheiro para vários moradores, o ideal é lavar o banheiro no mínimo três vezes por semana.

No dia da faxina:
- Aplique água sanitária ou tira limo caseiro da Lucy (receita na página 154) nas paredes e no piso, deixe agir por 15 minutos, esfregue com detergente e enxágue. Se usar saponáceo cremoso, remova antes a água sanitária/tira limo e só depois aplique o saponáceo cremoso.
- Fundamental esfregar o piso com esponja mais detergente ou saponáceo, para evitar manchas residuais da gordura do nosso corpo.
- Lave também o piso da área seca, use detergente ou saponáceo cremoso.
- Passe pano molhado em água com desinfetante nas paredes revestidas por azulejos da área seca, não tem necessidade de lavar, jogar água do teto ao chão é coisa do passado, essa limpeza se restringe a área molhada onde as paredes ficam impregnadas com gordura e produtos de higiene pessoal.
- Limpe as portas dos armários com limpador de coco da Lucy.
- Escovar entorno da torneira com escovinha para evitar acúmulo de lodo.

Anote aí!

Use luvas de borracha, elas são importantes aliadas na prevenção de cortes.

Evite lavar o banheiro com esponjas abrasivas, porque riscam a louça e o vidro.

Esponja de aço deixa resíduo que enferruja e provoca manchas no piso e no box.

Não jogue água nos espelhos, porque com o tempo ficam escuros. O mesmo vale para as bancadas, o excesso de água pode escorrer, molhar os armários e, com o tempo, danificá-los.

VOCÊ SABIA? Na maioria dos apartamentos os banheiros têm apenas a área molhada impermeabilizadas, ou seja, piso da área seca pode sofrer infiltração pelo rejunte e provocar vazamento no apartamento do andar debaixo. Portanto, evite excesso de água na área seca, principalmente água parada por longo período.

Não use sabão em pó para lavar banheiro, isso significa desperdício de produto, dinheiro e água. O sabão em pó faz muita espuma, é de difícil remoção e não foi desenvolvido para este fim. Use detergente ou saponáceo cremoso. Coloque duas sacolinhas plásticas de cada vez na lixeira do banheiro; ou tenha dentro do armário um rolo de sacolas, isso evita a procrastinação na hora de retirar o lixo por incômodo de ir à área de serviço procurar uma sacolinha vazia para trocar.

LIMPEZA ESPECÍFICA

ACESSÓRIOS METÁLICOS, TORNEIRAS E REGISTROS

Fundamental que sejam lavados e secos para evitar manchas. No dia a dia, use o multiuso de coco da Lucy e no dia da faxina, lave com detergente ou saponáceo cremoso.

Lustra-móvel e cera de carro são aliados na conservação. Uma vez por semana após habitual limpeza, passe lustra-móvel e dê polimento.

A cada 3 meses passe uma fina camada de cera automotiva, espere secar e dê polimentos.

BANCADAS DE PEDRA

Limpeza diária: passe um pano ou esponja com limpador de coco da Lucy.

Limpeza semanal: limpe com esponja molhada e detergente ou saponáceo cremoso. Remova o produto/sujeira com pano molhado e torcido, não jogue água. Limpe o rejunte conforme orientações.

Manutenção/revitalização: pedras são caras e nobres, não se aventure com misturas milagrosas. Recomendo o uso de pasta para polimento, ceras ou limpadores desenvolvidos com a finalidade de conservar as pedras. Na internet, você encontra facilmente produtos para manter bancada, mesa, estátuas e soleira renovadas.

Informações úteis

Não use água sanitária, nem cloro. Se houver formação de limo no rejunte das bancadas, prefira remover com bicarbonato e escovinha.

Outra opção são o tira limo industrializado, sua formulação tem tensoativos e outros agentes de limpeza que promovem a limpeza do rejunte sem danificar a pedra.

ESPELHO

Para manter o espelho limpo, use o limpa vidros da Lucy. Aplique no pano, passe no espelho.

Se necessário, dê polimento com papel toalha. Não lave o espelho, uso excessivo de água provoca manchas pretas.

BOX DE VIDRO, BOX DE ACRÍLICO

Limpeza diária: lave o box com esponja macia e detergente ou saponáceo cremoso. Antes de lavar, deixe o vidro de molho no vinagre. Molhe uma esponja com vinagre de álcool claro, esfregue o box e deixe agir por 10 minutos. Depois lave com detergente ou saponáceo cremoso. O vidro fica super cristalino. Para evitar que a sujeira grude no vidro, uma vez por semana após lavar e secar o box, passe uma fina camada de lustra-móvel no box.

 Tenha um rodinho dentro do box, após o banho seque o box para mantê-lo livre dos produtos que sujam e mancham o box. Esse hábito é fundamental para casas que não lavam o box com frequência.

MANCHAS NO BOX

As manchas brancas que insistem em permanecer no box de vidro, mesmo depois de lavado, se devem a gordura de nosso corpo e dos produtos de higiene pessoal que utilizamos ao tomar banho.

Em alguns casos as manchas são provenientes de água dura, rica em calcário. Em outros, o vidro foi danificado pelo uso de produtos químicos.

Abaixo, algumas opções de limpeza que dão bons resultados na remoção das manchas.

LIMPE COM REMOVEDOR DE USO DOMÉSTICO

Aplique o removedor em uma flanela limpa e seca. Esfregue no box com movimentos circulares. Lave com água e detergente ou sabão de sua preferência.

LAVE COM PASTA DE DENTE

Aplique a pasta na esponja molhada. Esfregue no box e enxágue. Repita a operação se necessário.

LUSTRA-MÓVEL COM LIMÃO

Misture em um pote: caldo de 1 limão e 2 colheres de lustra-móvel. Passe no box com esponja, depois lave normalmente.

CERA DE CARRO

Aplique pouca quantidade de cera no vidro seco. Espere secar. Depois remova, dando polimento com pano seco.

CORTINA DE PLÁSTICO

Cuidados diários: após o banho, deixe a cortina estendida e não recolhida. Abra a janela e a porta para circular o ar dentro do banheiro e evitar a proliferação de mofo ou bolor na cortina.

Limpeza: a cada 15 dias, retire a cortina e estenda no piso do banheiro. Faça uma solução de 2 litros de água para 1 xícara de água sanitária (a solução é bem forte). Despeje na cortina e espalhe a solução. Deixe de molho por 30 minutos. Esfregue e lave com detergente.

REJUNTES: MANUTENÇÃO

Limpeza diária: evite o acúmulo de limo e bolor lavando frequentemente as paredes, o revestimento e o rejunte do banheiro com esponja e detergente ou saponáceo cremoso.

Limpeza semanal: lave as paredes, rejunte com uma solução de água com água sanitária. Misture em um pote: 1 litro de água, ¼ xícara de água sanitária e 1 colher de detergente. Molhe a esponja nessa mistura e vá esfregando as paredes. Deixe de molho por 15 minutos, enxágue.

Obs.: não é necessário fazer a limpeza semanal do rejunte com água sanitária se o banheiro for ventilado e bastante arejado. Você pode fazer a cada 15 dias.

REJUNTES: LIMO, MOFO, BOLOR

Use o tira limo caseiro da Lucy.

Limpeza sustentável: Outra opção é esfregar os rejuntes com limão e bicarbonato. Em um pote esprema 3 limões e acrescente 2 colheres de sopa de bicarbonato. Esfregue a mistura nos rejuntes usando uma escovinha de cabo longo. Deixe agir por 10 minutos, esfregue novamente e enxágue.

VASO SANITÁRIO

Limpeza diária: lavar com detergente e água sanitária, esfregue com escovinha. Se preferir use um desinfetante sanitário, específico para esse fim.

VOCÊ SABIA? Para eliminar germes e bactérias a água sanitária, ou o desinfetante, devem ser usados puros. Aplique, deixe agir por 10 minutos. Enxágue e seque.

Assento sanitário: água sanitária mal diluída, usada pura ou em excesso, deixa o assento sanitário amarelo. Para higienizar o assento, aplique desinfetante puro ou uma solução de água sanitária.

Solução para desinfetar assento sanitário: 1 litro de água, 2 colheres ou tampinha de água sanitária ou cloro. Aplique, deixe agir por 15 minutos. Enxágue, seque.

Livre-se do cheiro de urina: Essa mistura é ótima para manter o banheiro livre do mal cheiro de urina. Use e abuse, faça e deixe no banheiro. Ao menor sinal de urina na tampa ou no chão borrife o preparado e limpe com um pano. Misture 1 xícara de álcool líquido de eucalipto, 1 xícara de vinagre de álcool claro. Borrife em todo o vaso, dentro, fora e na tampa. Seque com papel toalha ou pano de sua preferência.

MOSQUITINHOS DO BANHEIRO

Em determinadas épocas, aparecem nos banheiros mosquitinhos bem miúdos mesmo após lavá-lo. Isso ocorre devido ao fato de colocarem seus ovos nos ralos, eles se alimentam da gordura dos ralos, encanamentos e paredes. Para eliminá-los é fundamental manter o banheiro, paredes e piso, lavados e bem limpos.

Passo 1: Limpeza do ralo

Calce luvas, retire a tampa e remova toda sujeira e resíduos de dentro do ralo. Lave com água fervente, detergente e água sanitária, esfregando bastante. Enxágue com mais água fervente.

Passo 2: Eliminando o mosquitinho

Durante 5 dias consecutivos, jogue dentro do ralo produtos que eliminarão os mosquitinhos e seus ovos.

Opção 1: Infestação grave

Aplique em toda a borda para que escorra para dentro do ralo, um limpador de vaso sanitário de sua preferência.

Opção 2: Infestação moderada

Misture 1 colher de sopa de bicarbonato e 1 colher de óleo de eucalipto.

Opção 3: Infestação baixa

Use 5 colheres de sal fino de cozinha.

Essas dicas auxiliam no controle da praga, recomendo ainda que elimine os mosquitos que estão nas paredes, para evitar que eles coloquem mais ovos.

Para prevenir o retorno do mosquitinho e manter os ralos livres dos maus odores, coloque dentro dele um pedaço de pedra sanitária ou pendure um cestinho com a pedra dentro do ralo.

| COZINHA

Como boa mineira que sou, amo a cozinha! Nada se compara a um fundo de casa com mesa comprida, bancos e muitas guloseimas feitas por mãos habilidosas: mães, tias, avós, amigos. Cozinha, para mim, é um lugar mágico, pois é de lá que vem o cheiro de bife acebolado, de bolo de milho, de pão de queijo e de café que, para mim, são verdadeiras iguarias!

Mas vamos combinar que cozinha também é sinônimo de trabalho – para fazer e limpar – e tem, principalmente, gordura e restos de alimentos. E tudo isso produz muito lixo, que pode gerar incômodo, como o mau cheiro, e atrair insetos indesejáveis!

Por isso, manter a cozinha limpa é tarefa diária, ou seja: "Sujou? Lavou!". Não existe mágica! Lembram-se do nosso mantra? Nada de acumular sujeira, não existe outro caminho mais eficiente.

ROTEIRO E PLANEJAMENTO

Louça na pia e fogão cheio de panelas, conferem ar de desleixo e aspecto de bagunça. E, definitivamente, não é essa a impressão que queremos passar aos nossos visitantes, muito menos o ambiente que desejamos compartilhar em família.

Por isso, o ideal é manter a pia sem louças sujas e guardar os alimentos após cada refeição. Lave os pratos, os copos, as panelas, os talheres e outros itens após almoços, jantares e lanches; seque e guarde todos esses utensílios, liberando a bancada.

Após as refeições, comece lavando os copos e os objetos sem gordura; jogue no lixo os restos de alimentos, o que facilita a limpeza e diminui gastos com água. Nunca é demais falar que estamos em tempo de escassez dos recursos hídricos e, por isso, é preciso adotar o uso racional de um bem tão precioso!

Limpeza diária	Lavar as louças		Limpar o fogão
	Limpar cuba e bancadas da pia		Retirar o lixo
	Enxugar e guardar todos os utensílios		Limpar eletrodomésticos que foram usados
	Enxugar e guardar todos os utensílios		Desinfetar esponja de limpeza
Limpeza semanal	Lavar escorredor		Limpeza grade do exaustor
	Faxina no fogão		Limpar armários, geladeira, micro-ondas
	Limpeza piso e revestimento		Lavar lixeiras
Limpeza quinzenal	Limpeza do forno		Limpar e organizar a geladeira
	Limpar e organizar a despensa		Limpeza do ralo / cifão ou triturador de alimentos
Limpeza mensal	Limpar lustre e interruptores		Limpar interfone, relógio parede

Nas lixeiras, aproveite para pingar gotinhas de óleo de eucalipto dentro da lixeira e colocar um novo saco. Pronto, sua cozinha já estará com um ótimo aspecto!
Não se esqueça de também limpar ou trocar a toalha da mesa de refeições. Varra o piso e passe um pano molhado com detergente ou com um produto limpa piso de sua preferência.

Limpeza específica

RALO DE PIA

Mantenha os ralos limpos e faça uso de peneirinhas para evitar que fiquem entupidos por cabelo, pelos e restos de alimentos. Evite mau cheiro e acúmulo de gordura com a manutenção semanal.

Manutenção semanal: no dia da faxina da cozinha, após lavar todas as louças, coloque no ralo uma colher de sabão em pó e uma colher de bicarbonato. Despeje bem devagar um litro de água fervente.

Desentupir – casos leves: retire o máximo de água da cuba e do ralo. Acrescente três colheres de bicarbonato, três colheres de sal fino de cozinha e despeje vagarosamente uma xícara de vinagre. Tampe o ralo com pano velho dobrado. Espere de 30 a 40 minutos.

Desentupir – casos graves: procure um bombeiro especializado.

TRITURADOR DE ALIMENTOS

Nos lares norte-americanos ele é regra, mas aqui no Brasil vem ganhando adeptos. O triturador de resíduos orgânicos (nome chique!) promete manter a cozinha limpa e livre dos resíduos gerados ao se preparar as refeições.

A ideia é se livrar da lixeira que fica em cima da pia – e que eu odeio e não uso, a minha fica no chão e é de pedal. Mas o danado do triturador fede que é uma beleza, caso você não tenha o hábito de limpá-lo a cada 15 dias. A limpeza é fácil e simples:

Você pode fazer cubos de gelo com vinagre + cascas de frutas cítricas como limão, tangerina ou laranja e triturar. Se preferir faça uma limpeza com gelo + bicarbonato + caldo de limão.

Jogue o gelo dentro do triturador; por cima, jogue o bicarbonato (duas colheres), depois o caldo de um limão ou meio copo de vinagre, ligue a água bem fraquinha e o triturador. Pronto, triturador limpinho e perfumado. Faça isso a cada 15 dias.

Despensa de alimentos

LIMPEZA

Retire todos os itens das prateleiras e armários. Verifique a data de validade dos produtos, descarte os vencidos e aqueles com excesso de carunchos. Limpe com pano molhado em vinagre de álcool claro puro ou com preparado de cravo da Lucy (ver a receita no capítulo final do livro, p. 145).

Repelente natural de caruncho, gorgulho
Depois da limpeza da despensa, coloque um recipiente com borra de café num cantinho do armário. Ele vai funcionar como um inseticida natural contra os carunchos. Troque a cada 15 dias. Para afastar as traças dos alimentos espalhe saquinhos com folhas de louro fresca pela despensa e troque a cada 30 dias.

ORGANIZAÇÃO

Despensa organizada propicia melhor visualização dos alimentos no dia a dia. Facilita a elaboração da sua lista de compras, pois você enxergará o que tem na despensa evitando compras desnecessárias e estoque em excesso.

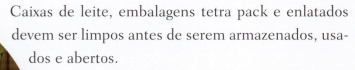

Caixas de leite, embalagens tetra pack e enlatados devem ser limpos antes de serem armazenados, usados e abertos.

Organize em fileiras, como no supermercado. Novos itens devem ser colocados atrás. Produtos que vencem antes devem ficar na frente e atenção à data de validade.

Agrupe itens pequenos em cestas. Não guarde alimentos embaixo da pia, devido à umidade. Não guarde alimentos ao lado do fogão, devido ao calor constante.

Identifique cada pote de tempero, use etiquetas adesivas ou um rotulador. Prefira guardar os alimentos abertos em potes.

 Cole um pedaço de fita crepe no fundo do pote para escrever a data de validade. A fita crepe é de fácil remoção, assim sempre que trocar o conteúdo, você troca a data.

Traças dos alimentos

Parecem inofensivas borboletinhas, parecem vespinhas de luz, sabe?

Mas não se engane, de inofensivas elas não têm nada e destroem roupas, grãos e cereais.

Elas se reproduzem rápido e alastram por todos os cômodos. Passei por uma infestação dessas e, acreditem, elas são rápidas. Por isso, mãos à obra.

As traças adultas (borboletinhas) gostam de ficar no teto e nas paredes da despensa, da casa.

Colocam ovos, muitos ovos, eles têm aparência de teia, casulo e ficam dentro dos alimentos.

COMO ELIMINAR AS TRAÇAS – MEDIDAS INICIAIS

Faça uma inspeção, localize as larvas e a traça adulta, jogue fora todo alimento que estiver contaminado.

Verifique tudo, a traça pode estar nas bordas dos potes, entre as folhas das embalagens.

Remova tudo da despensa – embalagens, potes, caixas, verifique tudo, um por um.

Jogue fora todo alimento contaminado por larvas, teias ou traças adultas.

Aspire a despensa, cantos e reentrâncias, buracos, ferragens, gavetas, corrediças. Se não tiver aspirador, use uma escova ou pincel.

LIMPEZA

Lave os potes, as cestinhas, vasilhas da despensa, lave tudo! Todos os potes onde você armazena alimentos.

Molhe um pano com vinagre puro ou com o preparado de cravo da Lucy (p. 145) e vá limpando embalagem por embalagem. Levante as orelhas das caixas de leite, molhos, creme de leite. Limpe as latas, os vidros, os sacos.

Lave as prateleiras e todo o armário, com esponja molhada numa solução de água com vinagre. A receita é simples:

> Utilize um pote para misturar.
> 1 xícara de chá de água quente.
> 2 xícaras de chá de vinagre de álcool claro.

Depois de limpar, seque a despensa e passe álcool de canela (líquido ou gel), ou passe o preparado de cravo da Lucy (página 145).

Pronto! Agora organize sua despensa novamente e fique de olho, se aparecer alguma borboletinha, elimine!

IMPORTANTE: Jogue o lixo fora imediatamente, não deixe para depois. As larvas e mariposas furam o saco e se espalham rapidamente.

PREVENÇÃO NATURAL

Coloque uma folha de louro dentro de cada pote de mantimentos abertos (farinha, arroz, feijão, macarrão, quinoa, amaranto, fubá, grão de bico, lentilha, etc).

Molhe bolinhas de algodão com óleo essencial de cravo, hortelã, citronela, eucalipto ou melaleuca (tea tree) e espalhe pela despensa.

Prefira os sacos com zíper e aposte nos potes de plástico com tampa.

| Eletrodomésticos

Imagine como seria a vida sem a ajuda dos eletrodomésticos? Manter alimentos sem geladeira é inimaginável para nossa geração, tão acostumada com esses utensílios da modernidade. Mas, assim como tudo na casa, os eletrodomésticos necessitam de cuidados especiais para terem maior durabilidade, para que estejam sempre limpos, feito novos. Como fazer isso? Vamos lá, porque a tarefa não é tão difícil assim...

GELADEIRA

Verifique todos os dias se não há produtos estragados ou vencidos. Se tiver, jogue fora! Limpe a geladeira imediatamente quando derramar molhos, comida e laticínios. Para isso, use papel toalha ou pano úmido. Se necessário, limpe com esponja molhada e detergente. Por fim, é só secar.

Se sua geladeira vive cheia, e muitas pessoas abrem e guardam coisas nela; se você coloca embalagens de supermercado (não é recomendado por serem sujas), panelas que saíram diretamente do fogão com alimentos (recomendo armazenar em potes retangulares de plástico ou de vidro), você deve limpá-la a cada 15 dias.

LIMPEZA

Desligue o eletrodoméstico (retire da tomada), remova os alimentos e coloque em um isopor. Jogue fora os que estiverem estragados e vencidos. Dissolva uma colher de bicarbonato de sódio em um litro de água morna, limpe todo o interior da geladeira e seque. Coloque os itens de volta e ligue. Limpe mensalmente, mas antes remova as partes móveis para serem lavadas. Depois, seque e monte a geladeira.

Retirar mau cheiro da geladeira

Quando algo estraga dentro da geladeira, ela costuma ficar com mau cheiro. Outras vezes, não tem nada estragado, mas ela está com odor que incomoda. Não importa o motivo, se a geladeira estiver fedorenta, faça a mistura abaixo e coloque lá dentro por três dias.

Em um potinho coloque duas colheres de pó de café, esprema o caldo de um limão e misture até o pó de café ficar parecendo uma pastinha. Coloque na geladeira por três dias. Outra opção é colocar um pote com bicarbonato de sódio, que pode permanecer por até dois meses. Lembre-se de, a cada uma semana, remexer o bicarbonato.

ORGANIZAÇÃO?

A ideia de ter uma geladeira desorganizada não me agrada. Se eu abrir e tiver coisa fora do lugar, arrumo antes de pegar o que preciso. Algo inusitado acontece comigo, pois tenho essa estranha mania.

Não é uma regra rígida, mas sugiro organizar sua geladeira da seguinte forma:

Gaveta superior: estoque de frios, laticínios e carnes em degelo.

Prateleira superior: leite, derivados e itens para lanche. Você pode agrupar em uma bandeja ou em cestas que facilitam na hora de montar a mesa.

Prateleiras intermediárias: preparações prontas, ovos, frutas.

Prateleira inferior: legumes.

Gaveta inferior: verduras e legumes.

Porta: bebidas, molhos e conservas. Mas atenção à data de validade.

FREEZER CONVENCIONAL

LIMPEZA

Descongele o freezer quando começar a juntar gelo.

Não marque o degelo em dias tumultuados, nem em dias de faxina pesada. Programe-se! Levante cedo, desligue da tomada, retire os alimentos e coloque em um isopor com tampa. Não use equipamentos como secador de cabelo e ventilador para acelerar o degelo, pois é perigoso.

Dissolva uma colher de bicarbonato de sódio em um litro de água morna, limpe todo o interior do freezer ou congelador e seque.

ORGANIZAÇÃO FREEZER OU CONGELADOR

Para manter o freezer ou congelador sempre limpos e organizados, invista em bons vasilhames e sacos plásticos. Sempre que congelar alimentos de preparação caseira, como sobras, polpas, molhos e conservas, acondicione e identifique com a data em que foi embalado e o prazo de validade.

Divida as carnes em porções menores, na quantidade de consumo para sua casa. Isso facilita muito na hora de retirar para o preparo. Escolha uma prateleira somente para mariscos e pescados.

Aliás, congelar frutos do mar pode deixar seu freezer com odor forte. Para evitar esse mau cheiro inconveniente, assim que chegar do mercado acondicione esses produtos em sacos limpos e leve imediatamente ao congelador para evitar que descongele e respingue dentro do freezer.

Vamos ao passo a passo da limpeza do freezer:

- Desligue o freezer da tomada.
- Remova os itens do seu interior e coloque em um isopor.
- Remova também as prateleiras para serem lavadas posteriormente.
- Se o freezer for do tipo Fost Free, inicie a limpeza e não espere as placas de gelo descongelarem. Para isso, misture em um litro de água morna, duas colheres de sopa de bicarbonato de sódio e duas colheres de sopa de vinagre.
- Aplique essa mistura em todo o freezer, deixe agir por 10 minutos para desodorizar. Limpe com pano molhado e enxugue. Depois disso, é só ligar o freezer e organizar os produtos em seu interior.
- Armazene os alimentos de forma adequada, isso evita derramamento de alimentos e elimina a necessidade de limpeza semanal, que pode ser feita com pano ou esponja molhada em água com detergente.

Mensalmente: Desligue o freezer, retire tudo do seu interior e limpe com pano molhado e detergente. Se algum alimento derramar e formar uma crosta congelada, aplique um pouco de água em cima e raspe levemente com uma espátula de plástico. Termine a limpeza com ajuda de uma esponja molhada com água e detergente.

MICRO-ONDAS

As pessoas costumam usar o micro-ondas principalmente para descongelar e esquentar pratos com caldo e molho. Nesse processo, quem nunca sujou o aparelho com molho de tomate que atire a primeira pedra! Apesar de estar mais suscetível à sujeira, até por ser muito utilizado, é fácil manter o eletrodoméstico limpo por dentro e por fora.

É preciso tomar cuidado. Evite, por exemplo, limpar o micro-ondas por fora com multiuso que, na maioria das vezes, deixa o aparelho branco com aspecto amarelado. O sol também queima o eletrodoméstico e deixa o mesmo efeito; por isso, escolha um local sempre com sombra para posicioná-lo. Mas é importante ressaltar que, de qualquer forma, mesmo tomando todos os cuidados, as partes plásticas do micro-ondas ficam amareladas com o tempo.

Limpeza diária: ao menos uma vez por semana, limpe por dentro e por fora com pano molhado em água e detergente e seque. Se você faz muita fritura deve limpar todo dia por fora para evitar que a gordura grude.

Limpeza pesada para retirar mau cheiro e crosta de molho: em uma vasilha de vidro coloque 500 ml de água, dissolva uma colher de bicarbonato de sódio. Acrescente um limão cortado em rodelas. Leve ao micro-ondas por aproximadamente 3 a 5 minutos para a mistura evaporar. Retire a vasilha do forno e limpe com esponja. Seque com pano.

O vapor vai amolecer a sujeira, o bicarbonato e o limão vão desodorizar removendo mau cheiro.

Limpeza micro-ondas de inox: Limpe por dentro como orientado anteriormente. Na parte externa use um pano úmido em detergente ou multiuso de coco da Lucy (p. 141). Uma vez por semana limpe com vaselina líquida ou espuma de limpeza a seco

LIQUIDIFICADOR

Em se tratando de eletrodoméstico, creio que o liquidificador é o rei da cozinha! Nele fazemos suco, vitamina, batemos massa e trituramos alimentos.

Limpeza diária: sempre que usar o liquidificador lave com água e detergente, deixe escorrer e seque antes de guardar, para evitar mau cheiro. Jamais use esponja de aço, porque arranha o copo de acrílico e plástico, conferindo a ele um aspecto embaçado.

O motor, teclas e cabo devem ser limpos com pano úmido sempre que for utilizado, para evitar que fique engordurado e encardido. Se necessário, use uma escovinha para limpar a sujeira entre as teclas.

Fez massa pesada? Vitaminas? Encha com água e, antes de lavar, deixe de molho por 20 minutos. Retire um pouco da água e bata na função pulsar para facilitar a limpeza. Depois lave normalmente com espoja e sabão.

Afiar lâminas: coloque dentro do liquidificador três cascas de ovos lavadas e secas. Bata na função pulsar para ir triturando as cascas e afiar as lâminas.

Retirar manchas e mau cheiro do copo de liquidificador: encha o copo com água quente e acrescente duas colheres de sopa, bem cheias, de bicarbonato de sódio. Deixe de molho por duas horas. Lave normalmente e seque.

SANDUICHEIRA, GRILL

Para limpeza diária: se não houver excesso de gordura, basta limpar com papel absorvente e depois passar uma esponja macia molhada em água. Por fim, enxugar.

Para retirar resíduos difíceis: colocar um pano ou papel absorvente grosso na sanduicheira ou grill desligada e ainda quente. Jogue um pouco de vinagre e feche. Deixe abafada por 15 minutos. Limpe com o próprio pano, papel ou uma esponja.

Recomendações: nunca utilize esponja de aço, escovas ou produtos de limpeza abrasivos. Nunca mergulhe o aparelho em água ou qualquer outro líquido. Nunca forre o grill ou envolva as carnes com papel alumínio. Por ser metálico, pode danificar e arranhar o revestimento.

FOGÃO

Limpeza diária: aplique vinagre de álcool com esponja para cortar a ação da gordura. Limpe com pano molhado e seque. Se necessário, após passar o vinagre, limpe com esponja, detergente e pano molhado.

Por que usar o vinagre?

Aplicar vinagre corta a ação da gordura e facilita a limpeza.

Faxina e manchas: limpe com saponáceo cremoso e esponja macia. Se necessário, aplique vinagre de álcool morno com uma esponja macia e seque.

Você sabia? O forro de alumínio pode manchar a mesa do seu fogão? Isso acontece porque óleo e água podem pingar e escorrer por entre o forro, ele resseca, gruda e mancha. Quer usar forrinho? Use quando for fazer frituras e após o uso jogue fora, não faça uso constante nem deixe durante dias no fogão.

QUEIMADORES DO FOGÃO

Limpeza diária: depois que estiverem em temperatura ambiente, remova os queimadores e lave com esponja de aço e detergente.

Encardida/queimada: deixe de molho em água morna, com vinagre ou caldo de um limão. Se estiver muito queimado, ferva por cinco minutos em um litro de água com uma colher de sal, uma colher de detergente e meio copo de vinagre. Espere esfriar e lave com água, sabão em barra e esponja de aço.

Dar brilho nas tampinhas de alumínio: retire as tampas ainda quentes e, com ajuda de um pano e com cuidado para não se queimar, pingue gotas de limão em cada tampinha. Esfregue com esponja de aço e sabão em barra. É muito eficiente!

Grades e trempes engorduradas: o ideal é lavar uma vez por semana, principalmente se você faz muita fritura, isso evita o acúmulo de gordura. Lave com esponja de aço e detergente, ou sabão em barra.

Limpeza semanal: lave com água, esponja de aço, detergente ou sabão em barra.

Encardidas ou queimadas: se as grades e trempes estão muito sujas com gordura grudada por muito tempo, aplique limpa forno. Calce luvas e aplique conforme orientação do fabricante. Após o uso, antes de remover as luvas, lave com água morna e detergente. Não deixe o produto cair no piso, pois pode manchar.

Para facilitar a limpeza, amolecer e remover a gordura agarrada em grades de forno e trempes do fogão, coloque-as dentro de um saco plástico. Coloque dentro do saco 3 colheres de sopa de amônia líquida. Amarre o saco fechando bem. Deixe exposto ao sol por 3 horas ou deixe descansar por 24 horas à sombra. Depois abra o saco e faça a limpeza com esponja e sabão ou detergente de sua preferência. Bocas e grades de ferro fundido devem esfriar antes de serem limpas, isso evita o choque térmico que pode rachar e provocar ferrugem. Depois de limpas e secas, coloque no fogão e ligue as bocas para que fiquem bem sequinhas, evitando ferrugem.

PORTA DO FORNO

Limpeza: cubra o chão com jornal ou pano de chão para coletar os respingos. Após usar o forno, confira se não espirrou alimento ou gordura na porta. Faça a limpeza com esponja e vinagre e depois, se necessário, limpe com detergente e pano molhado. Isso evita aquela crosta de gordura que se forma nas portas do forno. Para remover a gordura queimada, aplique uma ou duas colheres de bicarbonato e espalhe.

Em seguida, esguiche vinagre de álcool em cima do bicarbonato, o que vai efervescer. Esfregue com esponja até a sujeira soltar por completo. Vá removendo a sujeira que se solta com pano molhado ou papel toalha. Se necessário, repita o procedimento.

Sujeira excessiva: Se a porta, bandeja e as grades dentro do forno estiverem muito sujas, faça uma pasta com 5 colheres de bicarbonato e 3 colheres de vinagre. Com auxílio de uma esponja, espalhe a pasta por toda a porta e grades. Acenda o forno por 40 minutos. Desligue, espere ficar morno em uma temperatura que dê para você limpar sem se queimar. Esfregue com esponja e escova. A sujeira se solta bem mais facilmente.

GRADE DO FORNO

Limpeza: remova as grades a cada dois meses e lave com água e sabão. Se estiverem muito sujas e com gordura queimada, aplique limpa forno conforme orientações do fabricante. Cuidado para não passar limpa forno nas paredes internas autolimpantes e em peças de borracha ou silicone, pois o produto deforma essas peças.

FORNO AUTOLIMPANTE

Atenção, a primeira dica mais importante para limpeza deste tipo de forno é: não use quaisquer tipos de produto de limpeza! O ideal é limpar sempre após o uso, evitando que a gordura grude, principalmente na porta de vidro.

LIMPEZA DAS PAREDES INTERNAS DO FORNO AUTOLIMPANTE

Com o forno ligeiramente aquecido, morno, quase frio, remova o excesso de gordura das paredes internas. Molhe uma esponja macia na água e passe em todo o forno por várias vezes, até retirar toda a gordura. Depois passe um pano úmido. Nunca use esponja de aço, faca, nem produtos abrasivos.

Quando derramar massa de bolo ou óleo dentro do forno durante o assar, jogue bastante sal em cima e termine de fazer o assado. Isso evita que a parte derramada queime e enfumace o forno. Depois do forno frio, remova o sal e limpe com espoja macia e água.

GRELHA DE CHURRASQUEIRA

Ao final do churrasco, limpe a grelha usando um pão francês bem duro. Retire a grelha da churrasqueira. Espere esfriar. Use o pão francês seco e duro, esfregando na grelha seca, sem molhar como se fosse uma esponja. O pão remove a gordura e os resíduos de fumaça e carvão. Depois lave com água, esponja e detergente.

Armários da cozinha

Evite usar com frequência os limpadores desengordurantes, saponáceos em pó e multiusos em geral. Nunca use cloro e esponjas de aço. O uso diário de alguns desses produtos, a longo prazo pode amarelar os armários.

MDF, MDP, MADEIRA MACIÇA, LAMINADO MELANÍMICO, AÇO

Limpeza diária: retirar o pó com pano úmido quase seco e deixar secar.

Limpeza semanal: limpe por dentro ou por fora com o multiuso da Lucy. Borrife no pano, passe nos armários e depois seque. Outra opção é usar detergente neutro diluído em água.

Limpeza pesada: aplique detergente neutro e vinagre em uma esponja e esfregue. Para facilitar a remoção de gorduras incrustadas, use um desengordurante.

ORGANIZAÇÃO DOS ARMÁRIOS

Quando não há ordem nos armários da cozinha, a rotina pode virar um caos: é a pilha de frigideiras que despenca, a gaveta lotada que trava, os potinhos de temperos que insistem em desaparecer etc. Situações que rendem muita irritação e perda de tempo! Escapar dessa cilada vale a pena, é mais fácil do que parece.

Agora que já sabemos como limpar os armários, vamos dar um passo adiante, colocar a mão na massa para organizá-los! Tenha em mente que devemos colocar os itens iguais em um único espaço: copos juntos, xícaras juntas, pratos de uso diário juntos, panelas juntas.

É bom abrir todas as portas dos armários e fazer uma análise do tipo: tenho muitos pratos de uso diário e o lugar em que todos vão caber será na parte xis. Se essa parte for próxima à mesa onde se faz as refeições, melhor ainda.

Dessa forma, vá definindo o lugar para cada coisa!

ORGANIZAÇÃO DOS ELETRODOMÉSTICOS

Bom mesmo é ter lugar para colocar todos juntos. Mas sei que nem sempre é possível. Sendo assim, guarde sempre limpo e com os acessórios. Se for necessário, coloque uma cesta ou caixa com os acessórios juntos.

POTES PLÁSTICOS

Reúna todos os potes e verifique se todos têm tampa. Se algum deles estiver sem tampa, descarte, doe ou recicle. Guarde apenas os que estão completos em um único lugar! Escolha uma parte do armário que caiba todos eles.

Nada de exageros! Tem muitas pessoas que têm mais potes de plástico que panelas e pratos. Uma verdadeira loucura! Você pode guardar tampado ou aberto um dentro do outro. As tampas podem ser agrupadas em um porta-tampas.

POTES DE TEMPERO

Padronizar é a palavra! Prefira potes iguais, pois o padrão confere beleza. Você pode comprar, mas pode também reutilizar potes de geleia, papinha de criança, café solúvel, etc. Todos são ótimos para guardar temperos. Guarde tudo em uma cestinha ou bandeja.

Etiquete! Tem muito tempero parecido e para não ter confusão, o melhor é etiquetar cada vidrinho.

Agrupar os temperos, óleo, azeite em uso em uma bandeja e colocar no armário fica super prático e fácil de limpar.

COPOS, TAÇAS E POTES DE SOBREMESA

Os copos devem ficar próximo à fonte de água (geladeira ou filtro), principalmente os de uso diário. Taças podem ser organizadas em um louceiro, cristaleira, bandeja em cima do buffet (pequena quantidade) ou no armário. As taças ou potinhos de sobremesa devem ser organizados de acordo com uso de frequência e todas juntas!

JOGOS DE PRATOS, LOUÇA, APARELHOS DE JANTAR COMPLETOS

Geralmente, as pessoas têm em casa um aparelho de jantar que ganhou no casamento ou comprou para usar nos dias de festa e recepção. Mas como eles não são usados no dia a dia, ficam guardados em buffet, no alto dos armários, louceiro ou cristaleira. O que está corretíssimo!

Recomendo que, a cada seis meses, retire do armário e lave com água e detergente neutro para evitar acúmulo de poeira, sujeira e o amarelamento das peças. Louças delicadas, sousplat de vidro, inox ou qualquer outro material que risca, deve ser protegido com protetores entre as peças. Pode ser de TNT ou espuma.

GAVETAS

Elas servem para organizar talheres e utensílios de cozinha, panos de prato, papel toalha, papel alumínio, luvas.
- Primeira gaveta: ideal para os utensílios de preparo, como faca de corte, fuê, espátulas, colheres de pau/silicone. Para quem tem criança em casa é a melhor opção, pois as facas de corte ficam no alto.
- Segunda gaveta: talheres de mesa.
- Terceira gaveta: utensílio e talheres de servir.
- Quarta gaveta: luvas, utilidades, papel toalha, alumínio.

 Plástico filme fica dentro da geladeira! A umidade que se formará entre as folhas facilitará o manuseio.

PANELAS

Agrupe as panelas de uso diário em uma parte do armário que seja de fácil acesso. Gavetões próximo ao fogão ou pia são excelente opção, pois facilita o manuseio. Panelas de uso esporádico, como panelas de barro e paella podem ficar no alto do armário, ou em locais de acesso mais difícil.

Você pode guardar uma dentro da outra e colocar as tampas em outra gaveta ou em um suporte afixado na porta ou dentro da gaveta. Guardar as panelas tampadas é ótima opção para quem tem menor quantidade e espaço de sobra.

| Bancadas

Considerado cada vez mais um espaço de convivência, as bancadas da cozinha se tornaram local para interatividade entre o cozinheiro e os convidados. Para causar uma boa impressão e ter um ambiente higiênico e harmonioso para a família, se atente às dicas para limpeza das bancadas, de acordo com o material em que as estruturas foram projetadas.

GRANITO, MÁRMORE, SILESTONE, NANOGLASS

Limpeza diária: a remoção de pó pode ser feita com pano úmido em toda superfície, depois seque. Já para retirar a gordura, é necessário água com detergente ou sabão neutro.

Manchas: no mercado existem produtos especializados para remoção de manchas e para devolver o brilho. Escolha um de sua preferência.

AÇO INOXIDÁVEL

Limpeza diária: evite manchas mantendo a bancada sempre seca, pois a água mancha o inox. A remoção de pó pode ser feita com um pano úmido em toda superfície, depois seque.

Remoção de gordura: deve-se utilizar água com detergente ou sabão neutro. Existe produto específico para limpar inox no mercado, também é eficiente.

Dar brilho: após lavar, seque e aplique álcool. O álcool isopropílico é ainda melhor na remoção das manchas leves. Água sanitária também confere brilho ao inox de bancadas e cubas. Após lavar com detergente, aplique na esponja duas tampinhas de água sanitária, espalhe na bancada ou cuba, esfregue e depois enxágue e seque.

Algumas manchas podem persistir; nesse caso, aplique uma mistura de álcool com bicarbonato de sódio na proporção de duas colheres de bicarbonato para uma de álcool. A mistura deve ficar pastosa. Lave e seque.

MADEIRA DEMOLIÇÃO, MADEIRA ENCERADA

Informações sobre bancadas de madeira vide a seção Sala – limpeza e conservação de madeira, à página 147.

| Utensílios

Na cozinha usamos muitos utensílios e, às vezes, eles ficam queimados, encardidos ou com alimentos grudados. Um exemplo são as formas de alumínio, os tabuleiros e os refratários de vidro ou cerâmica. Mas existe uma receita infalível para retirar os resíduos de queimados desses utensílios. Confira:

GARRAFA DE CAFÉ

Limpeza diária: antes de colocar o café na garrafa, despeje um pouco de água quente, despreze essa água e siga coando o café.

Limpeza mensal: para remover odor e clarear manchas, coloque a garrafa em um recipiente, dissolva 2 colheres de bicarbonato bem cheias em água fervente, o suficiente para encher a garrafa e transbordar até que sua base fique em contato com a água e, assim, possa fazer a limpeza da boca à parte inferior externa. Muitos modelos possuem reentrâncias na parte de baixo, que também precisam ser limpas. Deixe agir por, no mínimo, 2 horas.

Se a sua garrafa tiver aquele canudo com sistema de sucção, tampe a garrafa e bombeie para que todas as partes permaneçam no molho.

TÁBUA PARA CARNE

PLACA DE CORTE

Limpeza diária: após o uso, lave com água corrente e detergente; se necessário, esfregue com uma escovinha.

Limpeza semanal: lave e borrife água sanitária pura nos dois lados da tábua, deixando agir por 20 minutos. Lave novamente com água corrente e escovinha.

TÁBUA DE MADEIRA

Limpeza diária: após o uso, lave com água corrente e detergente. O ideal é esfregar com uma escovinha para limpar os riscos e sulcos que se formam na superfície.

Limpeza semanal: lave e borrife água sanitária pura nos dois lados, deixando agir por 20 minutos. Lave novamente com água corrente, escovinha e finalize enxaguando com água fervente e um pouquinho de vinagre, para cortar o odor da água sanitária. Fica bem limpa e higienizada!

COLHER DE PAU

Limpeza diária: após o uso, lave com água corrente e detergente. O ideal é manter uma colher de pau para preparações doces e outra para preparações salgadas.

Limpeza semanal: lave e borrife água sanitária pura nos dois lados da colher, deixando agir por 20 minutos. Lave novamente com água corrente, finalize enxaguando com água fervente e um pouquinho de vinagre, para cortar o odor da água sanitária.

Outra opção para desinfetar colher de pau é utilizar o forno. Quando estiver assando algo, coloque a colher dentro do forno por 20 minutos.

Aqui outra opção para HIGIENIZAR E DESINFETAR utensílios e vegetais. É bem prático e uma vez preparado, dá para usar por um bom tempo.
PREPARAÇÃO: Borrifador 1: Solução de água oxigenada à 3%. E 30 ml de água oxigenada 10 volumes líquida em 970 ml de água.
Borrifador 2: Coloque vinagre de maçã puro ou vinagre de álcool claro/branco puro.

Como higienizar utensílios, frutas verduras e vegetais

APÓS O USO

Passo 1: Lave os utensílios normalmente.

Passo 2: Borrife o conteúdo de um frasco e depois o conteúdo do outro frasco. A ordem não importa nem altera a eficácia.

Não é necessário enxaguar, mas caso use para desinfetar os vegetais, recomendo enxaguar porque fica com gosto estranho de água oxigenada nas frutas e vegetais.

PRATA

Limpe a prata com frequência e logo após o uso. A oxidação é fácil de limpar quando no começo. Não sirva ovo e maionese em pratos e baixelas de prata, pois escurecem e danificam (fica com aspecto amarelado). Quando assume aspecto marrom e preto, ficam cada vez mais difíceis de serem recuperadas. Outros cuidados:

- Não use o método de limpeza da prata com papel alumínio, pois danifica provocando desgaste do material.
- Não lave prata com inox, nem com outros objetos metálicos.
- Não coloque prata em contato com saco plástico e borrachas ou quaisquer produtos que contenham base cítrica ou enxofre.
- Lave com água de preferência morna, detergente ou sabão de coco livre de fosfato e esponja não abrasiva – antirrisco. Seque logo após lavar.

- Após lavadas e secas, embale em plástico gramatura superior a 12. Ou embale em sacos de feltro escuro. Guarde em local seco e escuro.
- Na falta de pasta para polir, você pode usar pasta de dente sem branqueador em creme (não use em gel) para limpar pulseiras, anéis e brincos de prata. Aplique no metal molhado e esfregue em movimento reto, de baixo para cima. Não use pasta de dente em peças valiosas, pois pode danificar. Enxágue com água morna e seque.

COMO LIMPAR OBJETOS DE PRATA (bandeja, baixela, adorno, talheres, peças em geral)

Fui contratada para organizar a pós mudança de uma senhora muito elegante e simpática. Ao organizar a prataria de uso semanal com mais de 50 anos de uso, percebi que estava impecável, sem arranhões nem marcas de tempo. Curiosa que sou, pedi a Dona Odely que compartilhasse comigo o segredo de prataria tão bem conservada. Generosa, me ensinou sua técnica mostrando-me como fazer. Um aprendizado de ouro que divido agora com vocês.

MATERIAL
1 esponja de espuma totalmente macia, sem partes ásperas.
1 limpador de prata Silvo ou similar.

MODO DE FAZER
Lave a prata com água e detergente neutro. Abra a torneira e deixe um filete de água caindo, molhe a esponja com água. Aplique o limpador de prata na esponja. Esfregue no objeto de prata a esponja com produto. Siga esfregando, limpando a prata embaixo da água.

Facilita o trabalho e conserva a prataria sem desgastá-la, sem remover o banho de prata.

Dona Odely me explicou que a limpeza à seco, polindo com flanela e produto remove o banho de prata rapidamente, com pouco tempo a peça começa a ficar escura. Ela explica que o segredo é não deixar a prata ficar muito suja e escurecida demais. O ideal é limpar frequentemente antes do escurecimento/oxidação.

CAPÍTULO 2 | VAMOS POR PARTES?

LOUÇAS, VIDROS E CRISTAIS

Os aparelhos de jantar, porcelanas, faiança ou cerâmica são delicadas e frágeis. Por isso, devem ser lavadas à mão, com sabão neutro e esponja macia. Jamais utilize objetos cortantes, não raspe nem use escovas e esponjas abrasivas.

Remoção de manchas escuras: remova mancha de café ou chá esfregando bicarbonato de sódio ou sal na mancha. Outra opção é encher a peça com água e colocar bicarbonato ou sal e deixar de molho por, no mínimo, duas horas. Esfregue, enxágue e seque.

TAÇAS E COPOS DE VIDRO

Após o uso lave com água, sabão ou detergente neutro e esponja macia ou que não risca. Seque com pano macio que não solta pelos.

CRISTAL

Delicado e frágil, merece atenção especial no manuseio. Forre a cuba com pano macio, isso amortizará impactos caso uma taça escorregue da sua mão enquanto lava. Use sabão ou detergente neutro em pouca quantidade, enxágue bem para que não fiquem resíduos. Água morna faz toda a diferença!

- Forre a bancada com toalha seca e emborque as taças depois de lavadas. Deixe escorrer por uns 10 minutos, depois as coloque em pé para secarem por completo.
- Se necessário, finalize passando álcool e dando polimento peça a peça com tecido macio que não solte pelo.
- Outra opção é, após lavadas, mergulhá-las em uma solução de água morna com vinagre. Encha uma bacia com água morna e acrescente, para cada litro de água, uma colher de vinagre de álcool. Passe a peça dentro dessa solução e coloque para secar.

TRAVESSAS E REFRATÁRIOS DE CERÂMICA OU VIDRO

Após o uso lave com água, sabão ou detergente neutro e esponja macia.

Manchas e alimentos grudados: encha com água quente e acrescente 1 colher de bicarbonato para cada litro de água e deixe de molho por, no mínimo, 30 minutos ou até soltar.

ACRÍLICO, PLÁSTICO

Use sabão ou detergente neutro em pouca quantidade, enxágue bem para que não fiquem resíduos. Outras dicas importantes:

- No acrílico, o ideal é usar esponja de espuma, evite até mesmo a esponja antirriscos.
- Não use esponja do lado áspero, tão pouco esponjas de aço.
- Não empilhe copos de acrílico, pois podem riscar.
- Para remover odores indesejados dos copos de plástico, encha-os com água quente e coloque uma colher de chá de bicarbonato dentro de cada um deles. Deixe descansar por 2 horas. Lave, enxugue e guarde.

REFRATÁRIO, ASSADEIRA, PANELA COM ALIMENTO QUEIMADO

Coloque 3 ou 4 colheres de molho, polpa ou extrato de tomate dentro do utensílio. Quando começar a ferver, vá mexendo e você verá que todo o grude queimado se soltará. É como mágica! Ao final não é preciso esfregar, apenas lave e pronto!

Você também pode colocar 2 colheres de bicarbonato de sódio dentro do utensílio, cubra com água e deixe por 2 horas. Depois lave como de costume.

PANELAS

Ferro, inox, alumínio, cobre, barro e cerâmica, etc. Estes são alguns dos materiais utilizados na fabricação de panelas. Com a evolução tecnológica, novos produtos como o titânio, um metal leve e resistente, virou base para as redondas da cozinha. Mas qual é a melhor escolha diante de tantas opções?

Na verdade, não existe a melhor panela, mas sim a mais indicada para cada tipo de receita. Todos reconhecem que as panelas de barro do Espírito Santo preparam a moqueca mais saborosa, as mineiras de ferro fundido darão mais cor e sabor a uma galinhada, as revestidas com antiaderente deixam o arroz mais soltinho e são ideais para o preparo de omeletes e fritadas.

Agora, como limpar e manter as panelas como novas. Vamos lá?

GORDURA NA TAMPA DE VIDRO

O vapor engordurado penetra na peça e se não limpar com uma escova, fica repleta de sujeira.

Limpeza: aplique saponáceo cremoso. Espalhe, deixe o saponáceo agir por uns 10 minutos. Esfregue com escovinha de ponta fina. Enxágue. A gordura sai facilmente! O ideal é lavar com escovinha regularmente!

Você pode misturar detergente com bicarbonato até formar uma pasta e aplicar – deixe agir por 30 minutos – depois esfregar com escovinha. Ou fazer um molho com água fervente + vinagre de álcool e deixar de molho.

PANELA DE INOX

Dura bastante e distribui o calor de forma bem uniforme. É indicada para uso diário, não solta resíduos e a comida pode ser armazenada nela sem riscos. Lave com água e sabão ou detergente, seque após lavar para evitar manchas de água.

Remover manchas e sujeiras leves: alguns alimentos que possuem amido, como por exemplo massas e arroz, durante o cozimento, poderão deixar manchas na parte interna da panela. Essas manchas são facilmente removidas, esfregando esponja com suco de limão. Em alguns casos, o vinagre de álcool claro e a pasta de polir inox também removem com facilidade.

O cloro da água também mancha o inox. Para mantê-lo como novo, faça uma pasta com 2 colheres de bicarbonato e 1 colher de vinagre ou 2 colheres de bicarbonato e 1 colher de detergente ou então 2 colheres bicarbonato e 1 colher de álcool. Aplique e esfregue com esponja dura que não risca.

Remover manchas de água: aplique álcool comum ou álcool isopropílico e seque.

Manchas de queimado: esfregue com esponja dura não abrasiva e sabão em barra. Você pode também usar o sabonete branco. Para manchas incrustadas de difícil remoção, use pasta limpa inox. Evite usar esponja de aço no inox.

Remoção de crostas e queimados de panelas de inox: a Raquel, leitora do blog, compartilhou essa dica incrível. Deixou a receita nos comentários. Várias seguidoras testaram e aprovaram. Confira, eu também testei e o resultado é surpreendente!

Comentário da Raquel: "Nada de gastar dinheiro com produtos caros, gente! Tenho uma vizinha que sempre falou que existia um ácido 'milagroso' onde era só mergulhar as panelas e deixar que ele fazia o trabalho de limpá-las sozinho.

Sempre amei minhas panelas de inox pelo motivo da rapidez em preparar a comida. Ganhei umas panelas de inox que estavam em estado de 'calamidade'. Sabe aquelas panelas de frituras, que ficam com aquelas crostas pretas, que não saem por nada? Então, essas que eu ganhei estavam assim. Fui até a tal vizinha e ela me ensinou:

Receita
1 colher de soda cáustica para um litro de água.

Modo de fazer
Coloquei as panelas mergulhadas em um balde com a soda e deixei de molho por horas e horas. É incrível, mas a gordura realmente solta toda sozinha. A crosta preta continuou, mas aí eu troquei a água e deixei elas de molho da noite para o dia. No dia seguinte, com o auxílio de uma colher, consegui tirar toda a crosta preta que eu imaginava que nunca sairia. Fiquei completamente maravilhada! Muito feliz com as minhas panelas "novas". Muito simples e barato. É só tomar cuidado com o líquido, pois a soda cáustica causa queimaduras, mas, fora isso, não tem problema nenhum. As panelas ficam novinhas."

Minhas recomendações sobre a dica da leitora Raquel:

Use luvas. Coloque a bacia com a soda cáustica em local seguro, longe de crianças e animais, em local de difícil acesso onde não poderá ser derrubada. Dissolva a soda cáustica e depois coloque a panela no molho, deixe da noite para o dia. Na manhã seguinte, calce as luvas, remova as panelas, jogue a água com soda fora e lave as panelas com esponja e sabão em barra.

PANELAS DE CERÂMICA E TEFLON

Limpeza diária: lave com esponja dura não abrasiva, água e sabão ou detergente. Não use esponja de aço.

Remover manchas de queimado: encha de água quente e coloque 1 colher de bicarbonato para cada 2 litros de água. Deixe de molho por, no mínimo, 30 minutos. Esfregue.

Pulo do gato! Se necessário, após o molho, esfregue com uma colher de pau para remover alguma crosta que ainda esteja resistente.

PANELAS DE ALUMÍNIO

A mais popular das panelas, mas não deve ser usada para doces: a acidez pode facilitar que o metal vá parar na comida. Não use colher ou utensílio de metal que risca, raspa e libera alumínio. Utilize colheres de silicone, bambu ou madeira.

Limpeza diária: lave com água e sabão em barra. Não raspe o fundo da panela com colheres metálicas.

Manchas de queimado: esfregue com esponja dura não abrasiva e sabonete branco.

Mancha de gordura queimada: um procedimento simples, fácil e barato que aprendi na minha cidade natal, Aimorés, em Minas Gerais. Prefiro fazer este procedimento a ter que ficar com os braços moídos de tanto esfregar. Confiram o passo a passo:

Lave a panela normalmente com água e sabão. Depois aqueça a panela no fogo. Passe sabão nas partes queimadas/amarelas. Retire do fogo e, ainda quente, esfregue com esponja de aço. A mancha sai como mágica!

Você sabia? Sabão em barra deixa a panela de alumínio brilhante, o mesmo não acontece com o detergente que deixa opaca e sem brilho.

Panela escureceu: para evitar o escurecimento da panela de alumínio ou inox ao ferver água ou cozinhar ovo, acrescente uma colher de vinagre ou caldo de limão durante o cozimento/fervura.

Manchas de feijão: para remover as marcas e manchas de feijão após o seu cozimento em panela de inox ou alumínio, aqueça a panela, esprema caldo de limão dentro da panela espalhando o limão por toda a mancha, esfregue com esponja e sabão em barra. O limão solta toda a mancha e confere brilho ao alumínio. Simples e prático!

PANELAS DE BARRO

Absorve os resíduos dos alimentos, favorecendo a proliferação de bactéria. Podem ser usadas na chama ou no forno. Utilize colheres de silicone, bambu ou madeira.

Limpeza diária: lave com água e sabão ou detergente.

Remoção de maus odores: encha de água e coloque 1 colher de bicarbonato para cada 2 litros de água. Deixe de molho por 30 minutos. Não use esponja de aço.

PANELAS DE PEDRA-SABÃO

Campeã no quesito saúde: turbina a dieta com cálcio, ferro e magnésio. Além disso, afasta metais pesados como o níquel. Use-a no preparo de ensopados e caldos. Utilize colheres de silicone, bambu ou madeira.

Limpeza diária: lave com água e sabão ou detergente.

Remoção de maus odores: encha de água e coloque 1 colher de bicarbonato para cada 2 litros de água. Deixe de molho por 30 minutos.

Para amolecer resíduos: encha a panela com água quente e coloque 2 colheres de bicarbonato de sódio. Deixe de molho por, no mínimo, 30 minutos. Se necessário, raspe os resíduos de queimado com uma colher de pau. Não use esponja de aço.

PANELAS DE FERRO

Antigamente era uma panela muito popular. O uso hoje em dia, já não é tão comum. Mas são ótimas para cozinhar feijão, lentilhas e carnes grelhadas.

A utilização desse tipo de panela traz alguns benefícios à saúde. Em pesquisa realizada na Universidade Estadual de Campinas (Unicamp), foi provada a transferência do mineral presente na superfície das panelas de ferro e de pedra-sabão para os alimentos, transformando-as em importantes aliadas no combate à anemia[2].

Limpeza diária: lave com água e sabão em barra, evite o detergente porque pode deixar resíduos. Seque e leve na chama por uns três minutos, para que fique bem seca e evitar a ferrugem. Panelas de uso esporádico devem ser guardadas besuntadas em óleo para evitar a ferrugem que aparece a longo prazo. Utilize colheres de silicone, bambu ou madeira.

Alimentos grudados: encha a panela com água quente e bicarbonato e deixe de molho por, no mínimo, 30 minutos ou até soltar.

PANELA DE TITANIUM

Limpeza diária: após o uso, lave com água e detergente e esponja macia. Se necessário, use esponja dura não abrasiva e sabão ou detergente neutro.

| Rouparia

VOCÊ SABIA?

Pano de prato: serve para enxugar louças e panelas lavadas e limpas.

Pano de mão: serve para enxugar a mão, pegar panelas, retirar assadeira do forno.

---

[2] Cf. http://www.scielo.br/pdf/cta/v24n3/21933.pdf.

Pano de pia: serve para enxugar e limpar bancadas, limpar fogão, apoiar panelas para lavar. Dê preferência aos panos de alta performance, pela facilidade de limpeza.

 O pano convencional de algodão retém sujeira e gordura com mais facilidade do que os de alta performance, por isso recomendo lavar diariamente com sabão e água sanitária. Se preferir, ferva-os todo dia por 5 minutos com água, detergente e caldo de um limão. Higienizá-los evita aquele aspecto gosmento, evita e remove mau cheiro.

Dicas importantes
- Recomendo trocar o pano de prato e o pano de mão diariamente, evitando acúmulo de sujeira e proliferação de fungos e bactérias.
- Se você não usa a cozinha todo dia, não faz almoço, não faz fritura e usa a cozinha para preparar lanches e usa pouco o pano de prato, recomendo a troca a cada dois ou, no máximo, três dias. Neste caso, se não ficar sujo, mas ficar muito molhado depois de usar, coloque para secar e use apenas mais uma vez; depois coloque para lavar.
- Aposte na remoção de manchas usando detergente lava-louças! Aplique o detergente no tecido seco, sem molhar. Esfregue. Depois de esfregar, coloque de molho em água com sabão em pó bem dissolvido e um pouco de água sanitária ou alvejante sem cloro por 2 horas. Esfregue e enxágue.
- Você também pode juntar os panos de prato e lavar na lavadora de roupas. Junte, no mínimo, 10 unidades, regule a máquina no nível baixo de água e coloque no ciclo de roupas brancas ou roupas encardidas/muito sujas. Antes de colocar na máquina, faça a pré-lavagem: aplique detergente em cima das manchas e esfregue (tecido seco, sem molhar) para remover as manchas de gordura e colorau.
- Não coloque pano de prato molhado no cesto de roupa suja, pois podem mofar.
- Dê preferência ao sabão em pó de boa qualidade.
- Sabonete branco, sabão em barra: neutro, azul ou de coco são muito eficientes na remoção de gordura dos panos de prato. Ensaboe, esfregue e deixe de molho por 30 minutos. Enxágue.
- Pode colocar um pouquinho de amaciante no enxágue, ficam macios e perfumados sem cheiro de gordura!

COMO LAVAR PANO DE PRATO E PANO DE COZINHA ENCARDIDO OU AMARELADO?

Mesmo com todo o cuidado, os panos de cozinha ficam engordurados e mancham. Com o tempo ficam amarelados e, em alguns casos, ficam com cheiro ruim e aspecto nada agradável. Mas com a pré-lavagem certa e os molhos desengordurantes, você vai tirar esse problema de letra, confira!

Pré lavagem: para remover manchas de gordura, colorau, manchas desconhecidas. Pano de prato seco, sem molhar, aplique o detergente em cima da mancha seca e esfregue. Deixe agir por 10 minutos.

Desencardir, alvejar: após a pré-lavagem, coloque os panos de prato de molho por 6 horas. Tenho duas receitas excelentes para desencardir, escolha a de sua preferência e mãos à obra!

Opção 1: Molho Arranca Sujeira da Lucy (p. 145)

Opção 2: Molho Desencarde Roupa da Lucy (p. 165)

Como antigamente...

Antigamente, mulheres em todo o mundo ferviam as roupas para limpar, amaciar e alvejar. Não existia sabão em pó, alvejantes e pós milagrosos à disposição. Mas isso mudou, foram surgindo produtos eficientes capazes de lavar, alvejar e desencardir as roupas; enfim, se popularizaram e estão presentes na maioria dos lares.

Pois é, acredite, não abandonei esse hábito. Em minha casa, fervo panos de prato, toalhas de rosto e fronhas. Até minha mãe já se espantou ao ver minha panela grande de alumínio fervendo borbulhante, cheia de espuma em cima do fogão. "Lucy Karla, você ferve roupa!", exclamou admirada!

Ferver os panos de prato em uma panela grande é um recurso muito eficiente na remoção de gordura, para desencardir e deixar os panos de prato bem macios e alvejados. Sempre que tenho oportunidade ou acho necessário dou uma fervida, pois o resultado é incrível.

COMO FERVER PANOS DE PRATO

MATERIAL

Panela grande e colher de pau.

INGREDIENTES

Receita 1: Limão em rodelas.

Receita 2: Sabão em pó e bicarbonato.

Receita 3: Sal fino de cozinha e bicarbonato.

MODO DE FAZER

Coloque a panela cheia de água no fogo até ferver. Ela deve ser grande o suficiente para acomodar a peça de roupa submersa na água.

Assim que a água ferver, acrescente rodelas de limão e coloque os panos de prato, afundando-os com a colher de pau. Deixe ferver por 5 a 10 minutos, virando a peça de vez em quando. Desligue o fogo e deixe no molho até esfriar. Depois lave a roupa normalmente com sabão de sua preferência.

Você pode substituir as rodelas de limão por partes iguais de sabão em pó e bicarbonato ou partes iguais de sal com bicarbonato.

Fique de olho, o sabão em pó com bicarbonato ferve e sobe, por isso tenha atenção para não derramar no fogão. Esses ingredientes escurecem as panelas, por isso desencane, se você pretende usar o recurso frequentemente, providencie uma panela só para isso; ao final você vai lavar, mas não fique preocupada em desencardir e ariar a panela, pois sempre que fizer a fervura, ela escurecerá, é normal.

REMOVER MANCHAS

Para remover as manchas de pano de prato, toalhas de mesa, jogo americano e guardanapos de tecido faça sempre a pré-lavagem. As manchas mais comuns são:

Batom e gordura: remova esfregando detergente. Aplique o detergente na mancha seca e esfregue.

Colorau: deixe no sol por 15 minutos, depois esfregue com detergente.

Vinho: vide p. 194

Após a remoção destas manchas, lave normalmente com água preferencialmente morna e sabão em barra ou lava roupas líquido. Seque no calor, mas não diretamente no sol para que não fique ressecado e duro. Coloque-os bem estendidos no varal, sem pregadores, pois isso facilita na hora de passar.

Tecidos coloridos: após a pré-lavagem, lave preferencialmente com sabão líquido. Se usar o sabão em pó, não exagere para não desbotar. Não deixe de molho por mais de 10 minutos.

Tecidos coloridos que soltam tinta: para cada 5 litros de água, acrescente em cada etapa da lavagem um punhado de sal fino de cozinha. O sal segura a cor, evitando o desbotamento.

CAPÍTULO 2 | VAMOS POR PARTES?

Uma opção para amaciar guardanapos e toalhas de mesa é substituir o amaciante, colocando no enxágue 200 ml de vinagre de álcool claro. Se quiser perfumar, use água de passar roupas com aroma sutil e bem delicado. Afinal, você não quer que seus convivas sintam outro cheiro que não o do jantar.

Guardanapo de tecido bonito deve ser bem passado. Para que fiquem com um acabamento perfeito, passe-os ainda úmidos. Os de linho e algodão ficam impecáveis quando engomados, você pode usar goma pronta comprada no supermercado ou preparar sua própria goma (ver receita de goma rápida caseira da Lucy página 157).

Organização da rouparia na cozinha

PANO DE PRATO

Faça rolinhos com os panos de prato. Facilita o rodízio, evitando que você use sempre os mesmos panos de prato.

GUARDANAPO

Se tiver espaço, guarde totalmente aberto, para evitar marcas; ou dobre o menos possível.

Não faça rolinhos com os guardanapos. Não guarde em sacolas plásticas ou sacos com zíper. Se ficar guardado por muito tempo sem uso, ficará amarelo; guardar em saco azul ou papel de seda não resolve, porque a ação do tempo é implacável. Se não estiver usando, doe e pare de colecionar guardanapo de tecido. Se usa pouco, cuide: use no dia a dia e depois lave para guardar novamente.

 #Dicas da Lucy NA COZINHA

Como desengordurar o fogão

Aplique vinagre puro e limpe com esponja macia. O vinagre corta a ação da gordura e facilita muito a limpeza, pois não será necessário lavar o pano várias vezes para fazer a limpeza, é prático e econômico. Teste e comprove!

Como higienizar esponja lava-louça

Mantenha a esponja sempre lavada e seca, não deixe resíduos de alimentos, nem sabão.

O ideal é trocar a esponja uma vez por semana, mas higienizando diariamente, você pode trocar a cada quinze dias.

Faça a higienização uma vez por dia, recomendo fazer após a limpeza da cozinha.

Lave a esponja com água e sabão para remover resíduos.

Opção 1: Ferver a esponja em água pura por 5 minutos.

Opção 2: Coloque de molho em uma solução com 1 litro de água e 2 colheres de sopa de água sanitária ou hipoclorito de sódio. Deixe agir por 15 minutos.

Opção 3: Molhe a esponja, coloque em um recipiente de vidro, leve ao micro-ondas por 3 minutos na potência máxima.

Faça o seu detergente render mais

Você sabia que acrescentar vinagre ao detergente ajuda o produto a render muito mais? O vinagre ajuda na remoção da gordura e deixará mais brilhantes metais como inox, copos e utensílios de vidro.

Ingredientes
1 xícara de detergente
½ xícara de vinagre de álcool claro

Modo de fazer
Misture os ingredientes e coloque em um frasco com válvula pump.

Plástico filme não embolado

Basta guardá-lo dentro da geladeira ou congelador. Guardado assim, ele cria uma névoa entre o plástico evitando que grude e embole, facilitando o manuseio.

| ÁREA DE SERVIÇO

Por fim, mas não menos importante, temos a manutenção e limpeza da área de serviço. Um cômodo por vezes negligenciado e que em algumas casas vive desorganizado, entulhado e que não recebe muita atenção.

Assim como os demais cômodos, devemos limpar e organizar para seu bom funcionamento. Como vimos lá no início do livro, manter os armários dos produtos de limpeza organizados – tantos os em uso como os em estoque – facilita muito nossa rotina diária.

Em geral, é aqui na área de serviço onde guardamos o varal, a tábua de passar roupas, a escadinha, baldes, vassouras e panos de limpeza.

Limpeza diária	Limpar piso varrer / passar pano	Retirar lixo
	Lavar tanque	Limpar vassouras
	Lavar panos de limpeza	
Limpeza semanal	Organizar armários	Lavar piso
	Descartar revistas / jornais	
Limpeza mensal	Lavar lavadora de roupas	Limpar dentro dos armários
Limpeza semestral	Limpar varal	

 Não deixe a desordem tomar conta, ferramentas, objetos de jardinagem, pertences do cachorro e demais utensílios que são mantidos neste cômodo merecem atenção.

LIMPEZA ESPECÍFICA

TANQUE

Lave com detergente e agua sanitária, esfregue com esponja e, se necessário, use uma escova de cabo longo. Não se esqueça da torneira, ela também deve ser lavada.

Lembre-se da manutenção no rejunte, canos, torneiras e sifão do tanque.

LAVADORA DE ROUPAS

Para evitar o depósito e acúmulo de sujeira causado pelo sabão e amaciante, lave mensalmente ou a cada 2 meses a sua lavadora.

Limpe toda a lavadora, por dentro e por fora, com um pano umedecido em uma mistura de partes iguais de água morna e vinagre. Se estiver muito suja, lave com esponja e saponáceo.

Retire a gaveta despenser e deixe de molho. Se estiver muito suja, mergulhe-a em uma solução de água quente e um pouco de água sanitária.

Inicie o processo de limpeza da parte interna (tambor) completando um ciclo de lavagem com a máquina cheia de água, mas sem roupas. Use o programa mais longo com água fria. Quando a máquina estiver cheia de água e começar a agitar, adicione os produtos para fazer a limpeza.

Opção 1:

3 ½ xícaras de vinagre de álcool claro.

½ xícara de bicarbonato de sódio.

Opção 2:

Adicionar 1 litro de água sanitária.

Opção 3:

Adicionar um sachê do produto lava máquinas à venda nos supermercados, especialmente desenvolvido para esse fim. Depois de adicionar o produto de sua preferência, deixe a mistura agitar por cerca de 30 segundos, pause o ciclo ou desligue a máquina. A mistura deve agir dentro da máquina por 1 hora. Depois que a máquina ficou de molho, reinicie e termine o ciclo.

LAVADORA ABERTURA FRONTAL

Atenção às recomendações do fabricante quanto ao uso de vinagre e água sanitária para limpeza, principalmente nos modelos lava e seca.

Em geral, a limpeza é feita conforme orientado na lavadora convencional. No entanto, é muito válido ler as orientações do fabricante, pois cada um deles indica um produto diferente para manutenção e limpeza.

Borracha da porta
Após o uso: seque a borracha de vedação e deixe a porta semiaberta para secar por completo. Este procedimento evita o aparecimento de mofo e bolor na borracha.
Limpeza semanal: umedeça um pano com água morna e detergente e limpe, cuidadosamente, a borracha de vedação e a porta. Puxe levemente para fora as bordas da vedação e limpe todos os resíduos de sabão, amaciante e sujeiras escondidas.
Manutenção: fique de olho! Limpe qualquer ventilador externo da sua máquina lava e seca.
Uma vez por mês: lave o filtro de fiapos com água corrente e deixe-o secar antes de colocar de volta na máquina. O aspirador de pó pode facilitar o trabalho de limpeza de fiapos do filtro e de outras áreas da máquina de lavar e secar.

Se a sua lavadora constantemente, mesmo fazendo limpeza periódica, solta bolinhas pretas durante a lavagem das roupas, o ideal é solicitar a visita técnica de um profissional especializado. A sua lavadora pode estar com o tambor muito sujo e seja necessário desmontar e lavar a parte externa do tambor.

VARAL DE TETO

A limpeza deve ser realizada duas vezes no ano. Uma esponja umedecida em multiuso, limpa com facilidade as varetas do varal. As cordas devem ser trocadas quando ressecadas ou muito sujas. Em geral, a cada 5 anos.

LIMPEZA DO FERRO DE PASSAR ROUPAS

Ferro a vapor

Para remover a sujeira de dentro do ferro, a cada 3 meses coloque no compartimento metade de água e metade de vinagre de álcool, ligue e deixe o vapor sair. Isso ajuda a manter o compartimento limpo.

Limpe a base uma vez por semana, com pano úmido e detergente, ferro morno. Isso evita acúmulo de sujeira.

Sujeira e crosta: misture bicarbonato com vinagre até formar uma pasta, aplique no ferro e esfregue com esponja. Limpe os orifícios com cotonete e água, coloque água filtrada no recipiente e ligue na temperatura alta para o vapor limpar as saídas de água, que podem ter ficado com resíduos da pasta.

No dia a dia, durante o uso, use sempre água filtrada dentro do ferro. Após o uso, retire a água. Nunca deixe água parada dentro do ferro.

Ferro convencional

A pasta de vinagre com bicarbonato resolve, mas você pode usar o truque do sal.

É simples, coloque um montinho de sal fino em cima de um tecido, ligue o ferro no máximo e vá passando sobre o sal. Fica limpinho e remove a crosta. Finalize com pano úmido e detergente.

MISTURINHAS CASEIRAS DA LUCY

Receitas de preparados de limpeza

Agora, com vocês, a cereja do bolo, minhas misturinhas amadas! São preparados milagrosos (chamados assim por minhas leitoras queridas!) que podem ser usados em várias etapas da limpeza dos cômodos da casa.

Confiram as receitas que, vale à pena reforçar, foram devidamente testadas e aprovadas. Enfim, garanto sua funcionalidade e eficiência!

Sempre que necessário, faça sua consulta aqui e mãos à obra!

LIMPADOR DE COCO DA LUCY

Esse preparado é um verdadeiro multiuso, prático e muito eficiente. Após comprar móveis brancos, precisei fazer uma bela limpeza. Aprendi com minha avó a limpar móveis brancos com sabão de coco, mas me recusei a sair pela casa com balde e sabão. Ralei um pouco da barra, coloquei no borrifador e enchi com água. Nunca mais parei de usar, amo, uso e recomendo.

INGREDIENTES

750 ml de água.
Uma colher de sopa de sabão de coco ralado.
Um frasco com bico spray.

MODO DE FAZER

Misture todos os ingredientes dentro do frasco. Deixe agir por duas horas e estará pronto para usar.

Apesar de pouco concentrada, a mistura é poderosa! Basta uma pequena quantidade para limpar, não necessita de enxágue e dispensa a utilização do balde. Super prático e versátil!

Use o preparado para limpar
Parede
Bancadas de mármore, granito, pedras em geral.
Portas pintadas, laqueadas, envernizadas, enceradas.
Racks, estantes, armários.
Painéis de madeira, de MDF e laminados em geral.

Turbine o preparado!
Adicione ao preparado uma colher de sopa de saponáceo cremoso. Além das superfícies listadas, você poderá limpar com eficiência os armários da cozinha, azulejos e box de vidro do banheiro. Isso porque o saponáceo remove gordura. Um aviso importante: não use a mistura com saponáceo em superfícies lisas e brilhosas, como móveis laqueados.

LIMPA VIDRO CASEIRO DA LUCY

A receita me foi passada pela leitora do blog Cristina da cidade de Alfenas (MG). Uma bela receita, eficiente e muito prática, dica de ouro.

Ingredientes
250 ml de álcool.
250 ml de vinagre.
Uma colher de chá de detergente neutro.

Modo de fazer
Misture tudo e coloque no frasco com bico spray (borrifador).

Use o preparado para limpar
Janelas
Tampo de mesa
Box de vidro do banheiro
Espelho

LIMPA PISO DESENGORDURANTE DA LUCY

Em um ano de muita seca e escassez de água aqui no Espirito Santo, a produção da TV Gazeta me pediu uma receita para lavar a cozinha gastando apenas um litro de água. O desafio foi aceito e assim nasceu esta receita de limpa piso desengordurante, econômica, fácil de fazer e muito eficiente. O piso fica limpo, não fica pegajoso e pode ser usado em quaisquer superfícies laváveis. Um verdadeiro sucesso de curtidas e compartilhadas em minhas redes sociais, faça um teste você também!

Ingredientes
1 litro de água.
2 colheres de sopa detergente.
4 colheres de sopa de vinagre de álcool claro.

Modo de fazer
Dissolva em 1 litro de água as 2 colheres de detergente e 4 colheres de vinagre. Prepare e use, não guarde. Aplique na superfície e esfregue com vassoura ou esponja. Remova com rodo ou pano. Depois, finalize passando um pano úmido e outro seco. Não é preciso jogar água para enxaguar.

Use o preparado para limpar
Superfícies laváveis, como pisos cerâmicos incluindo o porcelanato.
Revestimentos de paredes.
Azulejos.
Áreas externas.
Bancadas em granito ou mármore.

Cravo da índia

LIMPADOR DE CRAVO DA LUCY (ELIMINA TRAÇAS)

Antigamente, eu colocava cravos da índia dentro do álcool e deixava curtir para usar na limpeza da casa, mas tinha um inconveniente: o óleo do cravo soltava no álcool, e por isso não podia usar na limpeza de armários e bancadas claras. Entre conversas e trocas de dicas no salão com a Ana Cristina Santos, ela me ensinou esse preparado maravilhoso, que pode ser usado como limpador de bancadas, aromatizador e repelente de traças e formigas.

Assim diluído, o cravo não vai manchar e você poderá usar sem medo, use e abuse para eliminar traças, formigas e insetos em geral. Use na limpeza interna dos armários da cozinha e do guarda-roupas, inclusive nas gavetas. Deixa um cheirinho ótimo e elimina os insetos.

Você também pode borrifar no ar, após a limpeza da cozinha, para remover o cheiro de fritura do ambiente.

INGREDIENTES

1 xícara de água.
30 cravos da índia (um punhado).
1 xícara de álcool líquido.

MODO DE FAZER

Ferva a água, abaixe o fogo, acrescente o cravo, deixe ferver por 2 minutos.
Desligue o fogo, espere esfriar, retire os cravos.
Acrescente o álcool.
Guarde em um frasco spray borrifador.
Validade: 1 ano.

MOLHO ARRANCA SUJEIRA DA LUCY

Quando a minha filha Luma começou a engatinhar dedicava um tempo considerável esfregando roupinhas muito sujas principalmente na área dos joelhos. Reclamando do esfrega esfrega com minha prima

Camila Carvalhais, ela me disse que fazia uma mistura de produtos muito eficiente para remover essa sujeira. Em casa comecei os testes até chegar neste molho.

Preparado turbinado para arrancar sujeira de roupas, toalhas, uniforme e qualquer roupa que esteja com sujeira excessiva, grudada no tecido. Esse molho faz a sujeira soltar do tecido, facilitando a lavadora de roupas a fazer seu trabalho de maneira eficiente.

Ingredientes

8 a 10 litros de água quente (pode ser do chuveiro).
1 xícara de sabão em pó ou 1 tampa de sabão líquido (100 ml).
1 xícara de álcool líquido comum.
2 medidas de alvejante sem cloro em pó para roupas coloridas.

Modo de fazer

Dissolva todos os ingredientes na água começando pelo sabão, alvejante por último o álcool. Agite bem. Coloque as roupas de molho por no mínimo 2 horas podendo deixar por até 6 horas. Retire a roupa do molho e lave como de costume na mão ou na lavadora.

Atenção: Áreas como cotovelo, joelho, barras que por ventura estiverem muito encardidas basta esfregar uma vez para a sujeira sair por completo.

Serve pra quê?: Facilita remoção de sujeira de roupas muito sujas ou encardidas. Remove manchas amarelas de guardado e em alguns casos remove mofo.

Tecidos: O molho é ideal para roupas com maior percentual de fibras naturais como algodão e linho. Não faça em tecidos com brilho como crepe e seda. Tecidos sintéticos podem perder o brilho por causa do álcool ou ficar com aspecto amassado por causa da agua quente.

LIMPADOR DE GUARDA ROUPAS DA LUCY

Essa misturinha nasceu por acaso. Pedi para minha cliente um pano e um produto para limpar o guarda-roupa que estava empoeirado e com aquele cheiro de umidade. Ela não tinha vinagre, não tinha multiuso, mas tinha álcool de eucalipto. Perguntei se tinha detergente, ela perguntou se sabão de coco líquido servia. Misturei tudo com água em uma bacia e ficamos eu, a cliente e minhas assistentes encantadas com a limpeza e o cheirinho. Depois acertei a receita, criei uma proporção e ficou incrível, eu amo.

Esse preparado é maravilhoso e muito eficiente pois limpa, remove manchas, mofo e perfuma os armários. Pode limpar por dentro e por fora, você não vai se arrepender.

Ingredientes

2 colheres de sopa de sabão de coco líquido (pode substituir por detergente de coco).
½ xícara de chá de água.
½ xícara de chá de álcool de eucalipto.

Modo de fazer

Misture tudo e coloque em um frasco borrifador.
Validade: 3 meses.

Como usar

Borrife no pano e passe na superfície, seque.

Para que serve

Limpar dentro do guarda-roupa, armários em geral. Além de limpar deixa cheirinho fresco, um ar de limpeza. Remove cheiro de mofo e umidade.
Atenção: Não elimina o mofo ou bolor, limpa mas não trata. Para limpeza de mofo use vinagre de álcool claro ou Lysoform.

DESENGORDURANTE CASEIRO

Ele ajudará você a remover a gordura das superfícies, inclusive no banheiro.

Ingredientes

250 ml de vinagre de álcool claro.
250 ml de detergente neutro.

Modo de fazer

Misture os ingredientes e coloque em um frasco com bico spray.

Use o preparado para limpar

Na remoção de gordura, tais como azulejo, fogão, churrasqueira, bancadas.

Folha de eucalipto

TIRA MANCHAS CASEIRO DA LUCY

Ingredientes

1 xícara de detergente lava louça.
1 xícara vinagre de álcool claro.
½ xícara de álcool.

Modo de fazer

Misture tudo e coloque em um frasco borrifador ou com bico dosador.

Modo de usar

Use na pré-lavagem das roupas, na roupa seca antes de ser colocada na lavadora. Aplique diretamente sobre a mancha. Deixe agir por 10 minutos. Se estiver muito sujo esfregue antes de colocar na lavadora de roupas. Validade: 2 meses.

TIRA MANCHA CASEIRO – REFORÇO DA ALYNE

Essa receita é da querida Alyne Landim (do instagram @alynedelandime), é muito eficiente na remoção de várias manchas, inclusive as de achocolatado e chocolate em pó.

Ingredientes

100 gramas de bicarbonato de sódio.
100 ml de água oxigenada 10 volumes – líquida.
100 gramas de sabão em pó.
100 ml de vinagre de álcool claro.
1 pote escuro – para evitar a entrada da luz.

Modo de fazer

Coloque no pote o bicarbonato de sódio. Acrescente a água oxigenada, misture um pouco.
Acrescente o sabão em pó e, na sequência, o vinagre de álcool. Misture bem. Coloque em um pote escuro com tampa.

Como usar

Reforço: adicione uma medida na lavadora de roupas (pode usar a tampa do sabão líquido ou amaciante como medida) no compartimento junto com sabão em pó ou líquido. Ele ajuda a remover manchas recentes e sujeira.

Tira manchas: aplique diretamente em cima da mancha, esfregue e coloque na lavadora de roupas para lavar normalmente. Remove manchas antigas e difíceis de sair.

LIMPADOR DE ESTOFADOS E COLCHÃO

Esta misturinha é famosa e muito eficiente, serve para remover cheiro de animais, cheiro de suor, cheiro de cigarro, cheiro de umidade. E tem mais, além do sofá você também pode usar em cortina, colchão, travesseiro e tapete de pêlo curto.

Ingredientes

1 xícara de chá de água.
½ xícara de chá de vinagre de álcool claro.
½ xícara de chá de álcool líquido.
1 colher de sopa de bicarbonato de sódio bem cheia.
1 colher de sopa de amaciante de roupa ou 10 gotas de essência/óleo essencial de sua preferência.

Modo de fazer

Dissolva o bicarbonato na água, bem dissolvido. Adicione os outros ingredientes e coloque em um frasco borrifador.

Como usar

Borrife a uma distância de 30 cm evitando que encharque. Espere secar naturalmente. Usando o limpador para fazer limpeza em sofás que estejam pouco sujos.

Você vai precisar de duas bacias. Em uma delas, misture todos os ingredientes da receita. Molhe uma escova na mistura, retire o excesso de água e passe no estofado

Na outra bacia, misture 2 litros de água com 1 xícara de álcool líquido comum. Molhe um pano nessa mistura de água com álcool, torça e passe no sofá ou colchão, limpando, removendo a mistura anterior. Você vai perceber que o pano vai sair sujo. Repita a operação até o pano sair mais claro ou limpo.

Importante: faça por etapas, limpando cada parte por vez – encosto, braço, almofadas fixas. Não encharque o estofado, moderação com a escova molhada. Faça em um dia arejado e ensolarado, deixe o cômodo aberto, ligue ventiladores para ajudar a secar. Se necessário, seque com jato morno do secador de cabelo.

Atenção: Se o seu estofado estiver muito sujo prefira contratar uma empresa especializada em limpeza e higienização de sofás

Removendo cheiro de xixi do sofá e colchão:

INGREDIENTES

1 xícara de álcool.

1 xícara de vinagre de álcool.

MODO DE FAZER

Misture o álcool com vinagre de álcool e coloque em um borrifador.

COMO USAR

Aplique em todo local com urina – de criança ou cachorro.

Borrife no local e deixe secar. Se quiser, coloque no sol ou seque com secador de cabelo na temperatura morna.

Outra opção: é absorver o excesso de xixi com papel toalha, aplicar um pouco de agua oxigenada 10 volumes liquida em cima da mancha e esfregar levemente com escovinha. Deixe agir e depois seque, absorvendo com toalha felpuda.

ÁGUA DE PASSAR ROUPAS DA LUCY

Essa receita é antiga na minha família, muito antiga... Faz parte da minha vida e da minha história. Eficiente, ela ajuda muito na tarefa de passar roupas. Você vai precisar de um frasco borrifador capacidade 500ml.

INGREDIENTES

300 ml de água.
200 ml de álcool líquido comum.
1 colher de sobremesa de amaciante de roupas (use uma colher de chá se o amaciante for concentrado).

MODO DE FAZER

Misture os ingredientes e despeje no frasco.

MODO DE USAR

Borrife na roupa e passe o ferro quente

Atenção: não despeje essa mistura ou quaisquer produtos dentro do ferro a vapor, pois danifica e entope as saídas. Nele, coloque apenas água filtrada.

TIRA LIMO CASEIRO DA LUCY

Ideal para remover mofo e bolor do revestimento e rejunte do banheiro. Uma receita simples e muito eficiente que tenho muito orgulho de compartilhar, pois chegou a mim de forma muito carinhosa, testei, defini as proporções e o resultado foi um poderoso limpador super econômico e eficiente.

Ingredientes

350 ml de água.
350 ml de água sanitária.
4 colheres de sopa de bicarbonato de sódio.

Modo de fazer

Misture o bicarbonato com a água até dissolver por completo. Acrescente a água sanitária. Coloque em um frasco com bico dosador.

Modo de usar

Borrife no rejunte, azulejo e deixe agir de 15 a 30 minutos. Após o molho, esfregue com esponja e detergente, enxágue.

 Dê preferência a frascos com bico dosador ao invés de frascos com bico borrifador.

PREPARADO PARA DESAMASSAR ROUPA

Dispense o ferro de passar roupas borrifando essa mistura nas roupas.

Ingredientes

100 ml água.
100 ml vinagre de álcool claro.
4 colheres amaciante comum ou 1 colher sopa amaciante concentrado.

Modo de fazer

Misture, ponha no borrifador, borrife formando uma névoa, dê uma alisada com as mãos e espere secar.

Não precisa passar a ferro!

Tecidos: você pode fazer em malhas, algodão, tecidos sintéticos. Acetinados ou crepe de seda podem manchar, teste antes em uma parte escondida.

Para que serve

Suavizar o amassado das roupas, ou seja, aquela roupa de malha que você tirou do varal e guardou sem passar, aquela camisa que você passou, mas amassou dentro do guarda-roupa, ou aquela roupa que amassou na viagem.

Validade: 3 meses.

Sabão de coco em barra

GOMA PRÁTICA DA LUCY

Ideal para camisa social e guardanapos de tecidos, como cambraias. Aprendi com minha mãe Tereza, ela deixa a roupa com aspecto de nova, além de facilitar o trabalho.

INGREDIENTES
500 ml de água.
1 colher de cola escolar branca (cola branca comum).

MODO DE FAZER
Dissolva a cola na água, misturando bastante para ficar bem diluído.

MODO DE USAR
Borrife no tecido a uns 30 cm de distância, passe o ferro quente. Agite sempre que for borrifar.

SABÃO DE COCO LÍQUIDO CASEIRO

Esta é uma receita do site Ecycle que fiz, testei e aprovei. Uma ótima opção para lavar não só a roupa mas fazer a limpeza geral da casa. Pratica, eficiente e econômica, recomendo.

INGREDIENTES
200g de sabão de coco em barra.
3 litros de água.
3 colheres de bicarbonato de sódio.

MODO DE FAZER
Rale a barra de sabão de coco e dissolva em um litro de água fervente. Adicione as três colheres de bicarbonato, misture bem para que dissolva por completo. Deixe repousar por uma hora.

Após uma hora, adicione mais um litro de água morna, misture para dissolver por completo do sabão de coco. Se achar necessário, coe para remover os pedacinhos de sabão. Adicione mais um litro de água temperatura ambiente, misture.

Modo de usar

Para lavadora com capacidade para 5 kg de roupas, 100 a 120 ml.

E capacidade de 8 a 10 kg, 200 ml.

Para lavadora de 15 kg, 250 ml.

Este sabão é bem versátil e pode ser usado como limpa piso, detergente e multiuso.

Validade: 3 meses.

LIMPADOR DE BANHEIRO DA LUCY

Esse preparado ajudará na manutenção do banheiro. É ideal para manter o vaso sanitário livre do odor de urina.

Onde usar

Deixe no banheiro um frasco com o preparado e um rolo de papel toalha. Borrife sempre que necessário e seque com papel toalha. Mas atenção, esse preparado não substitui a necessidade de lavar o vaso sanitário com água sanitária, tão somente auxilia na manutenção da limpeza.

Receita 1

Ingredientes

350 ml de vinagre de álcool claro.
150 ml de água.
1 colher de chá de óleo de eucalipto ou alecrim.

Modo de fazer

Misture tudo e coloque em um frasco borrifador.

Receita 2

Use e abuse, faça e deixe no banheiro. Ao menor sinal de urina na tampa ou no chão, borrife o preparado e limpe com um pano.

Ingredientes

1 xícara de álcool líquido de eucalipto.
1 xícara de vinagre de álcool claro.

Borrife em todo o vaso, dentro, fora e na tampa.

Seque com papel toalha ou pano de sua preferência.

Receita 3

INGREDIENTES

1 xícara de álcool líquido de eucalipto.

1 xícara de vinagre de álcool.

1 colher de detergente.

10 gotas óleo de eucalipto ou alecrim ou campim limão.

MODO DE FAZER

Misture tudo e coloque em um frasco borrifador.

MODO DE USAR

Borrife em todo o vaso: dentro e fora, no assento e também na tampa.

Seque com toalha de papel ou pano de sua preferência.

DICAS MUITO ACESSADAS NO SITE

Neste penúltimo capítulo, quando a despedida se aproxima, resolvi escolher dicas bem bacanas que estão disponíveis no site Dicas da Lucy. Vamos lá?

LIMPEZA DE CAMURÇA

Sugiro manter em casa alguns itens para quem tem roupa, calçados ou estofados de camurça. São eles: borracha branca escolar, spray para camurça (compra em lojas de calçados) e esponja de aço fina seca.

Camurça clara (branca, nude, bege): para retirar riscos pretos, "apague" com borracha branca escolar limpa e nova.

Camurça branca e escura: para limpar, recomenda-se usar escova de metal. Mas essa escovinha não é fácil de ser encontrada, por isso, você pode usar a esponja de aço. Escove com esponja de aço em um único sentido, até que a camurça esteja limpa.

Para conservar: aplique amaciante de roupas ou hidratante para cabelo em pequenas quantidades, no sentido da camurça. O produto será absorvido e ficará como novo! Mas, atenção, teste em uma pequena área para verificar como o couro e/ou a camurça reagem.

Retirar gorduras: o melhor é usar uma esponja de aço fina e seca ou uma lixa fina, pode ser lixa de unha. Fricciona-se até a gordura sair. Nunca se deve usar "tira manchas" na camurça.

Estofados: são muito sensíveis à lavagem; então, recomendo borrifar spray a seco para camurça, e depois de seco, escovar com uma escova de cerdas macias.

CHULÉ

Em primeiro lugar, é importante enfatizar que o mau cheiro dos pés é algo que se deve prevenir com alguns hábitos de higiene e cuidados importantes, como:

- Lave e seque os pés antes de calçar qualquer sapato.
- Hidrate os pés com creme que contenha ureia, pois pés hidratados e sem fissuras são mais resistentes às bactérias que causam o chulé.
- Use meias limpas, prefira as de algodão e troque-as todo dia. Meias sujas e suadas são foco de bactérias causadoras dos maus odores.
- Sempre polvilhe pó ou spray antisséptico nos pés antes de calçá-los. Na falta do pó industrializado, substitua por bicarbonato de sódio, um pouquinho resolve.

Além desses cuidados, outra dica importante. Ao chegar em casa, retire os sapatos e coloque dentro do calçado uma meia com 3 colheres de sal fino de cozinha ou bicarbonato de sódio. Deixe o calçado em local fresco, arejado e longe do sol. Não use o mesmo sapato todo dia, alterne com outro par e fique sem usar o mesmo calçado por, no mínimo, 24 horas.

MAS QUANDO O MAU CHEIRO ESTÁ INSTALADO O QUE FAZER?

Molhe um algodão em água sanitária, limpe dentro do sapato. Não precisa enxaguar, deixe secar e não use o sapato por dois dias. A dica não é válida para calçados de tecido ou acolchoados, mas pode adotar sem medo nos calçados de plástico, couro e lona.

OUTRA OPÇÃO É LAVAR...

Essa opção é ideal para calçados laváveis, como os de tecido e acolchoados. Deixe de molho em água salgada (para cada 5 litros de água, 1 xícara de chá de sal grosso) e depois lave como de costume com detergente, sabão lava roupas líquido para roupas delicadas ou sabão de coco em barra.

ESCALDA PÉS TIRA CHULÉ

Lembre-se, não adianta tratar o sapato se o pé estiver sujo: antes de dormir, esquente 4 litros de água, coloque numa bacia, acrescente ½ xícara de água sanitária, coloque os pés de molho por 20 minutos na água com água sanitária. Enxugue os pés e evite calçar sapatos depois dessa limpeza.

ESCALDA PÉS TIRA CHULÉ RELAXANTE

Antes de dormir, esquente 4 litros de água, coloque numa bacia, acrescente ½ xícara de sal grosso, três colheres de cravo da índia, gotinhas de óleo essencial de canela (opcional). Coloque os pés de molho por 20 minutos no escalda pés, enxugue os pés e hidrate.

REMOVER CHEIRO DE SUOR DAS ROUPAS

Se você já passou por alguma das situações abaixo, sabe bem como é desagradável ter a roupa com cheiro de suor. Você lava a roupa com sabão e amaciante, quando você retira do varal ela está perfumada, mas na hora que você passa o ferro, sobe aquele cheiro de suor.

Outra situação desagradável: você pega a roupa lavada no armário, veste e vai para academia. Cinco minutos de corrida na esteira e o cheiro de suor aparece.

Para acabar com esses problemas temos dicas preciosas. Não se desespere, são fáceis e práticas!

OPÇÃO 1: VINAGRE NA PRE LAVAGEM

Antes de lavar a roupa de ginástica, corrida, tênis ou qualquer outra, deixe de molho em água com vinagre. Encha um balde ou tanque com água suficiente para cobrir as roupas. Acrescente para cada 5 litros de água, ½ copo de vinagre de álcool branco.

Coloque as roupas de molho nesta mistura por, no mínimo, 30 minutos. Depois lave normalmente com água e sabão na lavadora ou na mão.

OPÇÃO 2: BACTERICIDA – DESINFETANTE NA PRÉ LAVAGEM

Use essa dica se você não quiser adotar o vinagre. Use o Lysoform *ou* o Pinho Sol, não use os dois juntos. **Antes de lavar a roupa** de ginástica, corrida, tênis ou qualquer outra, deixe de molho em água com Lisoform *ou* Pinho Sol. Encha um balde ou tanque com água suficiente para cobrir as roupas. Acrescente para cada 10 litros de água ½ copo de Lisoform Bruto *ou* Pinho Sol Limão ou Laranja. Coloque as roupas de molho nesta mistura por, no mínimo, 15 minutos. Depois lave normalmente com água e sabão na lavadora ou à mão.

DESENCARDIR ROUPAS BRANCAS

Esse molho é econômico e eficiente, ideal para lavar roupas muito sujas, encardidas ou com manchas de umidade com aquelas pintinhas amarelas tipo ferrugem provocadas pela umidade. Em alguns casos, remove o mofo das roupas, aquele bolor escuro e pintinhas pretas.

INGREDIENTES

Em uma bacia com 10 litros de água quente (pode ser do chuveiro), acrescente:
1 xícara de sabão em pó (ou 100 ml de lava roupas líquido de boa qualidade).
1 xícara de bicarbonato de sódio.
1 xícara de álcool líquido comum.

MODO DE FAZER

Dissolva todos os ingredientes na água quente.

Deixe de molho nesta água por, no mínimo, 4 horas.

Retire do molho e coloque na lavadora de roupas para lavar no ciclo longo.

Atenção: O molho arranca sujeira da Lucy também desencarde roupa branca e remove amarelado de guardado.

AMACIAR SAPATO APERTADO

Você calça o sapato, ele até cabe em seus pés, mas você depois de poucas passadas não é possível aguentar tanta dor e desconforto. Quase todo mundo passou por situação semelhante, principalmente quando o material em questão é o couro que parece ressecado, duro. Façam e comprovem a maravilha que é essa dica, passada por minha querida Ana Cristina. É infalível! Testada e aprovada!

INGREDIENTES

1 colher de amaciante.
1 colher de condicionador ou qualquer creme de cabelo.

MODO DE FAZER

Misture os ingredientes em um recipiente. Aplique a mistura esfregando para entrar e lacerar o couro. Calce imediatamente o calçado e ande pela casa por uns dois minutos. Se ainda estiver muito apertado, calce uma meia antes de calçar o sapato, repita a operação caso necessário, pois a meia absorverá um pouco do produto.

Passe dentro do sapato de qualquer cor, tecido, couro liso, camurça, nobuck. Como você passará em seu interior, não vai manchar nem estragar o sapato.

Na maioria das vezes, você passa, calça, sai andando e ele abre, amacia. Se for preciso, repita a operação outra vez que for calçar.

REPELENTE NATURAL DE BARATAS

INGREDIENTES

1 xícara de bicarbonato.
1 xícara de açúcar refinado.

COMO FAZER

Em uma tigela misture os ingredientes.

COMO USAR

Distribua a mistura em tampinhas de garrafa pet e distribua por toda a casa, armários, cantinho das portas.

Como funciona

A barata se alimenta da mistura doce e é eliminada pelo bicarbonato.

Duração: faz efeito por 3 meses.

Ou troque assim que o açúcar derreter e ficar melado

REPELENTE NATURAL DE ARANHAS

Ingredientes

1 litro de álcool líquido.

30 cravos da Índia.

5 ml de essência de canfora ou 5 pedras de cânfora.

Modo de fazer

Misture os ingredientes dentro da garrafa de álcool.

Deixe em infusão por 7 dias.

Como usar

Uma vez por semana, limpe toda a casa com essa mistura – paredes, rodapés, atrás de quadros, dentro de armários, azulejo de banheiro.

Atenção: o álcool ficará escuro por causa do cravo, por isso, quando for usar a mistura faça um teste para ver se não manchará a superfície. Se necessário, dilua em água – 1 xícara da mistura para ½ xícara de água – antes de aplicar.

REPELENTE NATURAL DE CARUNCHO/GORGULHO

Os carunchos, também conhecidos como gorgulho, são bichinhos que se alimentam de madeira e de tudo que contenha celulose, bem como de cereais, farelos, farinhas e rações. Se a infestação de carunchos não for muito grande, é possível antes de preparar o alimento lavá-lo para remover o caruncho. Coloque o alimento em um recipiente, cubra com água e escorra repetindo até que todo o caruncho saia. Eles boiam e são eliminados com alguma facilidade.

Como evitar: depois de abertos, guarde os alimentos hermeticamente fechados. Coloque uma folha de louro dentro do pote para afastar caruncho/gorgulho/brocas. Mantenha os armários da despensa sempre limpos, sem alimentos derramados nas prateleiras.

Sempre cheque a data de validade dos alimentos. Produtos novos devem ser colocados embaixo ou no fundo, e os mais velhos e próximos de vencerem devem ficar na frente, para serem consumidos primeiro.

PASSO 1: LIMPEZA DOS ARMÁRIOS

Limpe os armários/despensa no mínimo uma vez por mês – o ideal é limpar sempre que fizer compras. Passe um pano úmido em vinagre de álcool claro em todo o armário e prateleiras da despensa. Depois passe um pano molhado em água e bem torcido para limpar e remover o excesso de vinagre.

PASSO 2: REPELENTE NATURAL

Em um recipiente coloque borra de café, aquela borra do coador de café é um ótimo repelente natural dos carunchos. Basta colocar a borra em um ou mais recipientes e espalhar em toda a despensa. Troque a borra sempre que fizer a limpeza da despensa

REPELENTE NATURAL DE TRAÇA DAS ROUPAS

(vide preparado de cravo da Lucy, p.145)

ELIMINAR ODOR DE URINA DE ANIMAL DE ESTIMAÇÃO

Quem tem animal de estimação precisa manter a casa muito bem limpa, para evitar que o cheiro dos bichinhos impregne a casa.

PASSO 1: LIMPEZA DO PISO

O ideal é manter um cantinho com os pertences do animal de estimação. Tapete absorvente é fundamental, pois delimita a área onde ele faz suas necessidades e são mais eficientes que os jornais. Troque os jornais diariamente e o tapete absorvente com frequência. Ao menor sinal de xixi no piso, limpe com papel toalha absorvente.

ÁREA INTERNA, PISOS CERÂMICOS

Antes de fazer a limpeza com limpa piso ou desinfetante, remova o xixi ou fezes e aplique a solução abaixo. Ela eliminará os odores.

INGREDIENTES
100 ml de vinagre de álcool.
100 ml de álcool líquido.
200 ml de água.

MODO DE USAR
Em um recipiente misture os ingredientes e aplique diretamente sobre o piso esfregando com a vassoura. Deixe agir por 15 minutos. Puxe com o rodo, removendo por completo. Molhe o pano em água com desinfetante de sua preferência e aplique no piso. Seque.

ÁREA EXTERNA, PISO LAVAVÉL

Recolha as fezes, jogue água e puxe com rodo para remover todo o xixi. Espalhe pelo piso sal fino de cozinha, deixando agir por 15 a 30 minutos. A quantidade de sal vai depender do tamanho do espaço. Depois remova o sal lavando o piso com água e detergente. Se necessário, aplique uma solução de água com desinfetante. Seque puxando com o rodo.

IMPORTANTE: PANO DE CHÃO

Tenha panos de limpeza específicos para os animais, você pode usar panos coloridos ou identificar com caneta permanente. Não limpe a casa com o mesmo pano de chão que você enxuga o xixi do cachorro.

PASSO 2: LIMPEZA DOS ESTOFADOS

Semanalmente: Higienize os estofados, tapete, colchão para remover pelo e odores. Espalhe por todo o estofado e deixe agir por 30 minutos. Depois aspire ou escove para remover o bicarbonato/sal. Essa limpeza higieniza e remove odores.

REMOÇÃO
DE MANCHAS

Muita gente me escreve desesperada por ter manchado a roupa ou uma toalha de mesa. O desespero é absolutamente normal, afinal ninguém quer sair por aí com uma roupa manchada, não é mesmo?

Na maioria das vezes conseguimos solucionar o problema. Remover manchas requer dedicação, mas não é uma tarefa impossível, salvo aqueles casos onde sempre digo: tem mancha que vem para testar nossa paciência. Neste caso, se tentar de tudo e não resolver, tente outra vez e se ela persistir, relaxe, seja feliz com o fato disso ser uma exceção e não uma regra. Acredite, você vai conseguir remover a maioria das manchas, principalmente se levar em consideração algumas regrinhas básicas que nos auxiliam e muito na remoção das manchas. Vamos lá?

Sujou, lavou: sempre que possível, remova a mancha imediatamente. O quanto antes remover, maiores serão as chances de êxito.

Grande aliado: assim que derramar algo no tecido, absorva com papel toalha ou toalha absorvente, evitando que a mancha se espalhe.

Importância da pré-lavagem: antes de lavar a roupa devemos analisar cada peça, buscando sujeira excessiva e as temidas manchas. Identificar a mancha e removê-la antes de lavar faz toda diferença. Para cada mancha utilizamos uma técnica de remoção, por isso é fundamental descobrir qual mancha está impregnada no tecido antes de proceder com a limpeza.

Mancha desconhecida: para esses casos, nunca use água quente (em alguns casos pode fixar a mancha) no tecido seco, sem molhar, aplique detergente ou sabonete branco, esfregue e deixe agir por 10 minutos. Espalhar sobre a mancha um pouco de bicarbonato e esfregar também ajuda.

Ferro de passar é um inimigo: isso mesmo, se você lavou a roupa sem remover a mancha, deixe na lavanderia para tentar removê-la novamente. De jeito algum passe o ferro quente e coloque para uso. O calor do ferro de passar fixa a mancha no tecido dificultando posteriormente a remoção.

Conheça os tecidos: você sabia que aquela etiqueta com desenhos presa à peça de roupa traz informações preciosas sobre como lavar o tecido?

Aqui nesta tabela você vai entender direitinho o significado de cada símbolo das etiquetas. É fundamental para identificarmos o procedimento correto na hora de lavar roupas.

LAVAR	ALVEJAR	SECAR	PASSAR	LIMPAR A SECO
Lavar à mão ou máquina	Não usar alvejante à base de cloro	Temperatura mínima	Máximo 110°	Todos os solventes
O n° identifica a temperatura máxima	Permitido o uso de alvejante à base de cloro	Temperatura máxima	Máximo 150°	Usar hidrocarboneto ou percloroetileno
Centrifugação reduzida		Proibido usar secadora	Máximo 200°	Usar hidrocarboneto
Somente lavagem manual		Secar pendurada	Não passar	Lavar à mão ou máquina
Proibido lavar à água		Secar pendurada sem torcer		Restrição ao uso de água, temperatura e/ou centrifugação
		Secar na horizontal sem torcer		

AÇAÍ

Opção 1: Limão

MODO DE FAZER

Esprema limão em cima da mancha de açaí e deixe agir por 10 minutos, preferencialmente exposto ao sol. Lave em água corrente e sabão de sua preferência.

Observação: limão na pele, quando exposto ao sol, mancha. Por isso remova todo o resíduo de limão das mãos, antes de se expor ao sol.

Opção 2: Alvejante sem cloro em pó

MODO DE FAZER

Dissolva aquela medida que vem dentro do pote de alvejante em 2 litros de água fervente. Coloque a roupa de molho por 30 minutos ou até sair a mancha. Retire do molho e lave com água e sabão de sua preferência.

CAFÉ

Um café alegra nosso dia, nos dá energia, reúne a família em torno da mesa e mancha. Como mancha o tal do café, né, gente? Mancha toalha, guardanapo, pano de prato e nossas roupas.

Mancha recente 1: assim que manchar, absorva o líquido com papel toalha. Lave com água corrente, sem esfregar. Se o tecido permitir, use água fervente. Aplique detergente ou sabão de sua preferência, esfregue e lave normalmente.

Mancha recente 2: faça uma papinha misturando 2 colheres de bicarbonato de sódio com 1 colher de água. Aplique a papinha em cima da mancha e deixe agir umedecendo e esfregando até total remoção. Para acelerar o processo, exponha a mancha ao sol mantendo o tecido úmido.

Mancha recente 3: coloque um papel toalha embaixo da mancha, molhe o tecido com glicerina líquida. Esfregue e deixe agir por 10 minutos. Na sequência, aplique álcool líquido, esfregue e deixe agir por mais 10 minutos. Lave normalmente. Se o tecido permitir, lave com água quente.

Remoção descomplicada: quando a mancha já secou e você quer resolver o problema rapidamente. Aplique o tira manchas ou alvejante sem cloro sobre a mancha, deixe agir por 10 minutos. Esfregue, lave com sabão de sua preferência.

Manchas antigas: sabe quando se derrama café por todo lado e cria uma grande mancha de café? Dissolva um copinho medidor de alvejante sem cloro em pó em água com quente até fazer espuma, acrescente sabão líquido, dissolva. Coloque a mancha de molho até sair.

CANETA EM JEANS E ARTIGOS DE COURO

As dicas são válidas para remoção em calçados, bolsas, estofados, roupas, móveis e artigos de couro em geral.

Ingredientes

2 colheres de álcool líquido.
1 colher de glicerina líquida.

Modo de fazer

Misture tudo. Molhe um chumaço de algodão na mistura e esfregue na mancha até sair. Se necessário, repita a operação. Depois limpe com pano úmido. Seque.

Outra opção para remover mancha jeans de artefatos de couro: dissolva uma colher de alvejante sem cloro (em pó) em 250 ml de água fervente, até formar uma espuma. Com auxílio de uma esponja, esfregue a espuma na mancha, limpe com pano úmido, seque.

Outra opção para remover risco de caneta de artefatos de couro: molhe um chumaço de algodão em vinagre de álcool claro e esfregue sobre a mancha até sair. Se necessário, intercale limpeza com o vinagre e detergente lava louça, repetindo a operação.

CANETA ESFEROGRÁFICA

Ingredientes

Leite integral.

Modo de fazer

Ferva leite integral suficiente para cobrir a mancha de caneta. Despeje o leite quente sobre a mancha. Deixe de molho. Esfregue e enxágue.

Outra opção é esfregar um chumaço de algodão embebido em álcool líquido, repetindo a operação até sair.

CAPÍTULO 5 | REMOÇÃO DE MANCHAS

CANETA HIDROGRÁFICA (canetinha, marca texto)

Opção 1: Demaquilante

INGREDIENTE

Demaquilante em óleo.

MODO DE FAZER

Aplique sobre a mancha seca, com tecido seco, o demaquilante em óleo. Esfregue com uma escovinha, para o demaquilante entrar na fibra do tecido. Deixe o demaquilante agir por 10 minutos. Esfregue mais um pouco, até a mancha sair por completo. Após remover a mancha, lave a roupa como de costume.

Opção 2: Spray para cabelo (laquê)

Aplique uns 3 jatos do spray em cima da mancha. Esfregue com uma escovinha. Lave com sabão de sua preferência.

No estofado/colchão

Esfregue o demaquilante ou o spray, deixe agir e com uma esponja molhada em água com sabão de coco, aplique e limpe depois com auxílio de um pano úmido. Se necessário, seque o estofado com secador de cabelo.

CHICLETE

Para remover goma de mascar de tecido, estofados ou tapete, você precisa congelá-la antes de removê-la. Basta colocar uma pedra de gelo dentro de um saco plástico, esfregue no chiclete e depois de congelado remova raspando. Outra opção é colocar a roupa em um saco plástico e deixar dentro do congelador, depois de 1 hora, remova o chiclete.

CHOCOLATE OU ACHOCOLATADO

Vide mancha de café, p. 175.

DESODORANTE

Você tem problema com manchas de desodorante nas camisas? Pois é, você não está só, essa é uma das dicas mais pedidas nos últimos anos e eu mesma já sofri para removê-las. Era um problema recorrente aqui em casa.

Placas inicialmente esbranquiçadas – que com o tempo ficam amareladas –, causadas pelo acúmulo de desodorante no tecido, uma camada de cera se forma impermeabilizando o tecido e dificultando a remoção. Em alguns casos, além da cera, a área fica com cheiro forte de suor.

Desenvolvi uma receita onde, passo a passo, aplicamos ingredientes que removiam a cera. Ao longo do tempo, fui aperfeiçoando a receita até chegar nesta misturinha tão difundida na internet. Ela é bastante eficiente na remoção de mancha tão indesejada.

INGREDIENTES

4 colheres de detergente lava louça de sua preferência ou lava roupas líquido.
4 colheres de bicarbonato de sódio.
4 colheres de alvejante sem cloro líquido ou água oxigenada 10 volumes líquida.

MODO DE FAZER

Em um recipiente, misture todos os ingredientes. Vire as mangas do avesso para que a cera, a mancha, fique exposta. Aplique a mistura e esfregue com uma escovinha e também com as mãos para que penetre nas fibras do tecido. Você vai perceber que vai amolecendo. Deixe de molho por 10 minutos. Esfregue novamente com escovinha macia (uma escovinha de unhas). Deixe mais 10 minutos de molho. Esfregue novamente com escova macia (uma escovinha de unhas). Depois coloque na lavadora de roupas ou termine de lavar a roupa na mão.

Observações: Pode fazer em tecido branco, preto, colorido, escuro, de qualquer cor, nos mais variados tipos de tecido, exceto seda ou tecidos que não podem ser lavados na água. Não faça em tecidos e blusas que soltam tinta quando lavadas, aquelas que soltam tinta e deixam a água colorida sabe? Nestas, a água oxigenada provoca desbotamento.

A misturinha remove as manchas amarelas também. Elas não saem na primeira vez, mas à medida que se repetir a aplicação, as manchas sairão.

DICAS DA LUCY

Prevenção: faça esse procedimento sempre que for lavar roupas que tragam esse problema. Evite acumular o desodorante no tecido, pois quanto mais resíduos, mais difícil a remoção.

Manchas antigas: alguns casos são graves, manchas muito antigas, formação de uma crosta de cera grossa, agravada pelo uso do calor do ferro de passar. Nestes casos, a mistura amacia um pouco o tecido, mas não remove quase nada.

O professor Vladimir Valério, químico têxtil do Senai-SP, desenvolveu uma mistura bastante eficiente para remoção de manchas antigas, daquelas bem difíceis de remover.

FASE 1: REMOÇÃO DA CROSTA CAUSADA PELO DESODORANTE

2 colheres de removedor / querosene de uso doméstico.
2 colheres de solvente de tintas Thinner.
1 colher de lustra-móvel.
Misture bem e aplique sobre a mancha. Esfregue com escovinha, deixe agir por 10 minutos. Esfregue novamente, com movimentos de vai e vem até dissolver a crosta (cera). Enxágue para retirar os solventes.

FASE 2: RETIRAR O AMARELADO

1 colher de multiuso limpeza pesada.
1 colher de água sanitária ou água oxigenada (para roupas de cor) 20/30 ou 40 volumes.
Em um recipiente, misture bem todos os ingredientes e aplique sobre a mancha. Deixe de molho, agindo por uns 10 minutos. Esfregue com escovinha, em movimentos de vai e vem até dissolver o amarelado.

ESMALTE

Ingrediente

Algodão.
Óleo de banana.
Papel toalha absorvente.

Modo de fazer

Dobre o papel toalha e coloque embaixo da mancha. Molhe o algodão com bastante óleo de banana. Coloque o algodão molhado sobre a mancha. Deixe agir por 10 a 15 minutos. Retire o algodão e esfregue com escovinha. Se necessário, repita a operação. Lave a peça como de costume.

FERRO DE PASSAR

Vide sobre limpeza do ferro em sessão anterior, p. 139.

Ferro a vapor

A cada 3 meses, coloque no compartimento metade de água e metade de vinagre de álcool. Ligue e deixe o vapor sair. Isso ajuda a manter limpo o compartimento. Limpe a base uma vez por semana, com pano úmido e detergente, com o ferro ainda morno, isso evita acúmulo de sujeira.

Sujeira e crosta: misture bicarbonato com vinagre até formar uma pasta, aplique no ferro e esfregue com esponja. Limpe os orifícios com cotonete e água. Coloque água no recipiente e ligue em temperatura alta, para o vapor limpar as saídas que podem estar sujas com a pasta.

Ferro convencional

A pasta de vinagre com bicarbonato (a receita você já sabe!) resolve, mas você pode usar o truque do sal.

Sal para limpar ferro

Coloque um montinho de sal fino sobre um tecido. Ligue o ferro na temperatura máxima e passe o ferro sobre o sal. Fica limpinho e remove a crosta. Finalize com pano úmido e detergente.

FERRUGEM

Manchas recentes

INGREDIENTES
1 limão espremido.
2 colheres de sal.

MODO DE FAZER
Molhe a mancha com água. Misture os ingredientes e aplique em cima da mancha. Deixe exposto ao sol por, no máximo, 1 hora ou até que a mancha saia.

Manchas resistentes

Use um tira mancha de ferrugem industrializado.

FRUTAS

Banana

Faça uma mistura de 2 colheres bicarbonato para 1 colher de água. Aplique em cima da mancha, esfregue, deixe agir por alguns minutos. Esfregue e lave com sabão em barra.

Manga

INGREDIENTES

5 litros de água quente.
3 colheres sopa sabão em pó ou líquido.
2 colheres de bicarbonato.

MODO DE FAZER

Dissolva os ingredientes na água quente. Coloque a roupa manchada no molho. Esfregue e deixe agir por 2 horas, esfregando de vez em quando.

Uva ou suco de uva

INGREDIENTES

2 colheres de sopa cheias de sabão líquido de boa qualidade.
1 colher de sopa rasa de bicarbonato.

MODO DE FAZER

Misture os ingredientes, aplique sobre a mancha. Esfregue, deixe agir por 10 minutos. Esfregue novamente, enxágue. Se necessário, deixe de molho.

Anote aí:

Nas prateleiras do supermercado você encontra alvejante sem cloro e tira manchas industrializados, são grandes aliados da gente. Se suas roupas mancham com frequência, vale a pena manter um frasco na lavanderia.

GELECA – AMOEBA

Remover de tecidos, tapetes, estofados, colchão

INGREDIENTES

Sabão líquido de sua preferência, o suficiente para cobrir a mancha (na falta use detergente lava louça).

Escovinha.

Água quente.

MODO DE FAZER

Cubra toda a mancha com sabão líquido, esfregue com escovinha

Aplique água preferencialmente quente. Esfregue. Deixe de molho por 20 minutos. Esfregue e enxágue.

TEMPERATURA DA ÁGUA

A água quente ajuda a remover, facilitando o trabalho.

Caso seu tecido não possa ser lavado em água quente, deixe de molho por mais tempo.

Não tem milagre, tem que esfregar, mas solta com facilidade

No tapete, sofá, colchão

Remova o excesso de amoeba com espátula e escova lava-roupas. Depois aplique o sabão esfregando com escovinha pequena (como a de dente, reservada para isso).

Com pano úmido em água morna, remova os resíduos. Seque com secador de cabelos.

GIZ DE CERA DA PAREDE

Aplique bicarbonato de sódio ou saponáceo cremoso em uma esponja.

Esfregue nos riscos de giz de cera fazendo movimentos circulares. Finalize limpando com pano úmido.

GORDURA

Mancha recente (antes de lavar)

Ingrediente
Detergente.

Modo de fazer
Aplique, sobre a mancha, detergente lava louça de sua preferência. Esfregue com escovinha, deixe agir por 10 minutos. Despeje água quente. Esfregue, enxágue com água fria.

Mancha antiga

Você lavou a roupa sem remover a mancha de gordura e quando a roupa secou a mancha estava lá? Prossiga conforme abaixo.

Ingredientes
1 colher de lustra-móvel.
1 colher de detergente.

Modo de fazer
Aplique a mistura sobre a mancha seca, no tecido seco. Esfregue com escovinha. Deixe agir por 10 minutos. Esfregue novamente e enxágue.

MAQUIAGEM

Quem nunca sujou uma roupa com rímel, pó, blush, base, batom? Nós, mulheres lindas, que amamos nos maquiar não passamos ilesas às manchas de maquiagem na roupa. Super fácil remover essas manchinhas!

Ingrediente
Detergente lava roupas.

Modo de fazer
Aplique detergente sobre a mancha seca, sem molhar a roupa. Espalhe o detergente, esfregando com a mão ou com uma escovinha até que a mancha se dissolva. Se necessário, aplique mais detergente e esfregue mais um pouco. Após remover a mancha lave a roupa como de costume.

MOFO

Manchas e pintinhas amarelas de guardado

Vide molho arranca sujeira da Lucy, p. 145.

Manchas pequenas

Se o mofo estiver presente em pequenas partes, como acontece muitas vezes em carrinhos de bebê, bebê conforto ou mesmo em uma peça de roupa, borrife a solução diretamente sobre a área manchada.

Modo de fazer:

Dissolva 2 colheres de sopa de açúcar em 1 xícara de água sanitária, acrescente ½ xícara de água. Despeje em um frasco com bico dosador e aplique em cima da mancha de mofo, deixe agir por 10 minutos.

Roupas de cor: O procedimento pode ser usado em roupa de cor que tenha boa resistência e não solte tinta. Faça teste antes, molhe um cotonete na mistura e esfregue em um cantinho da roupa colorida, deixe por 10 minutos, se não desbotar pode ser usado na roupa colorida.

Manchas recentes

Opção 1: Remoção com álcool

Aplique álcool líquido diretamente sobre a mancha, esfregue e deixe agir. Se necessário, aplique um pouco mais e esfregue. Lave a roupa como de costume.

Mancha resistente

Opção 1: Remoção com água sanitária

Ideal para roupas brancas que podem ser alvejadas com água sanitária

Ingredientes

5 litros de água morna.
150 ml de água sanitária nova, comprada recentemente.
5 colheres de sabão de coco em pó (ou ralado).

Modo de fazer

Dissolva o sabão na água fazendo bastante espuma. Acrescente a água sanitária e dissolva bastante. Coloque a parte manchada neste molho e deixe no sol para quarar. A cada 20 ou 30 minutos, esfregue e certifique-se que a mancha está submersa, sempre molhada. Deixe no exposto ao sol até a mancha clarear por completo.

Opção 2: Misturinha de produtos

Esta receita é do professor Vladimir Valério, químico têxtil do Senai-SP. Ideal para roupas brancas e coloridas, testada e aprovada por mim.

Ingredientes

5 colheres sopa água sanitária (nova, comprada recentemente).
2 colheres sopa de limpador limpeza pesada.

Modo de fazer

Misture os ingredientes, aplique em cima do mofo. Esfregue com escovinha. Deixe de molho agindo por 40 minutos, esfregando a cada 10 minutos.

Roupas de cor: o procedimento pode ser usado em roupa de cor que tenha boa resistência e não solte tinta. Faça teste antes, molhe um cotonete na mistura e esfregue em um cantinho da roupa colorida, deixe por 10 minutos, se não desbotar, pode ser usado na roupa colorida.

Opção 3: Remoção com água sanitária e açúcar
Ideal para roupas brancas e coloridas.

INGREDIENTES

Água suficiente para encobrir a mancha.
1 litro de água sanitária.
1 xícara de açúcar refinado.

MODO DE FAZER

Coloque a roupa manchada em uma bacia e cubra com água. Prepare a solução dissolvendo todo o açúcar na água sanitária. Despeje na bacia sobre a mancha. Agite um pouco e deixe agir por aproximadamente 30 minutos.

MOLHO DE SOJA

Esta dica é bem conhecida dos amantes de comida japonesa, afinal sempre tem fatias do vegetal que nos ajuda na remoção desta mancha.

INGREDIENTE

Nabo cru.

MODO DE FAZER

Para remover essas manchas, basta esfregá-las com nabo cru. Assim que o molho de soja cair na sua roupa, esfregue o vegetal que a mancha dissolverá por completo. Quando possível, lave como de costume.

POMADA DE ASSADURA

Opção 1:
Molhe a peça de roupa com água e passe sabonete branco ou sabão de coco.
Esfregue e coloque no sol para amolecer. Deixe ao sol de 45 minutos a 1 hora, mantendo a roupa sempre molhada (quarando). Esfregue e coloque na máquina para lavar.

Opção 2:
Ferva água suficiente para cobrir a parte manchada com aquela pomada usada em bebês para evitar assaduras. Molhe a peça, passe sabão de coco na parte manchada. Cubra a parte manchada com a água quente e deixe de molho até esfriar. Esfregue e enxágue, coloque para lavar normalmente.

Observações: Se derramar muita pomada, remova o excesso com uma espátula ou faca de mesa para depois lavar.

Se derramar no sofá, tapete ou colchão, remova o excesso, passe o sabonete branco ou sabão de coco. Molhe uma escovinha e esfregue. Mas, atenção, não encharque de água para evitar que entre espuma no interior das peças.

Depois de esfregar com escovinha, aqueça com secador de cabelo. Intercale esfregar com escovinha, pano molhado e secador de cabelo. O secador é para aquecer e ajudar amolecer a pomada.

PROTETOR SOLAR

Remoção antes de lavar a roupa

Nosso grande aliado aqui é o detergente lava louça, ele se mostrou muito eficiente na remoção de protetor solar, seja qual for – com cor, com base, oleosos ou com toque seco.

Ingrediente
Detergente lava louças.

Como fazer
Com a roupa seca, aplique bastante detergente na peça. Esfregue e perceba que a mancha começará a se dissolver. Se necessário, aplique um pouco mais de detergente e esfregue. Enxágue e lave a roupa como de costume.

> *Importante:* Toda mancha deve ser retirada antes de molhar/lavar a roupa. Quanto antes lavar/tratar a mancha, melhor será resultado da remoção. Depois de lavar a roupa e passar a ferro, a probabilidade de remoção da mancha é muito pequena, pois na maioria dos casos o calor do ferro fixa a mancha no tecido.

Remoção após lavar a roupa

Dica passada por minha seguidora Carol Azzi, testada e aprovada. Recomendo.

Dias ensolarados

Com a roupa molhada, passe sabonete branco no local manchado. Esfregue e faça bastante espuma. Coloque a peça bem molhada e ensaboada dentro de um saco plástico, feche para que se torne uma estufa e coloque no sol (coloque para quarar). Deixe no sol por duas horas. Para evitar que alguma parte da roupa seque, a cada 30 minutos dê uma sacudida no saco, uma esfregada na roupa e coloque dentro do molho novamente. Passadas duas horas de molho, esfregue e lave como de costume.

Dias sem sol

Uma solução para tirar mancha de protetor solar, num dia em que o sol não brilha é molhar a roupa, aplicar sabonete branco em abundância. Aquecer o ferro a vapor e quando começar a vaporizar, aplique dos dois lados da roupa (frente e verso). Deixe esfriar um pouquinho e esfregue. Passe mais sabonete, mais vapor e esfregue.

ROUPA MANCHADA POR OUTRA ROUPA

Mancha recente ainda molhada

Assim que retirar da lavadora, lave a parte manchada com água fria corrente. Aplique vinagre de álcool e esfregue até sair.

Mancha recente, mas seca

Aqueça 2 xícaras de vinagre, aplique em cima da parte manchada e esfregue até sair.

Manchas muito fortes

Há vezes em que a mancha é forte e você terá que ferver o tecido. Coloque uma panela com água para ferver, a quantidade de água deve ser suficiente para cobrir a peça de roupa. Dissolva na *água já quente*, 2 colheres de sopa de sabão em pó ou sabão de coco ralado. Coloque a roupa, abaixe o fogo para espuma não derramar. Ferva por 10 minutos, desligue o fogo, retire a peça e enxágue em água fria.

SANGUE

Opção 1:
Molhe o sabonete branco na água e esfregue na mancha até sair.

Opção 2:
Aplique água oxigenada 10 volumes sobre a mancha. Deixe agir por 5 minutos e esfregue. Se necessário, repita a operação até a mancha sair por completo.

TINTA GUACHE

Para remover, aplique amônia líquida ou algum produto de limpeza que contenha amônia em sua composição.

No tecido seco, aplique a amônia sobre a mancha de tinta. Esfregue com escovinha, aplicando e esfregando até remover. Enxágue em água corrente.

VASO SANITÁRIO (AMARELA)

Na maioria das vezes que usei o limpa alumínio ou indiquei para alguém, ele removeu com eficiência. Por isso, sempre que necessário, uso e recomendo.

Ingredientes
Limpa alumínio.

Como limpar
Remova a água do vaso sanitário, um copo descartável ajuda nessa tarefa.

Aplique o limpa alumínio e espalhe por toda a mancha. Deixe de molho por, no mínimo, 12 horas. Esfregue, dê descarga. Lave o vaso com multiuso ou com um produto próprio para vaso sanitário.

Opção 2:
É o produto tira ferrugem, facilmente encontrado no supermercado. Faça o mesmo procedimento da dica anterior, substituindo o limpa alumínio pelo tira ferrugem.

VINHO

Opção 1: Vinho branco
Remova o excesso do vinho tinto, absorvendo com papel toalha. Faça uma solução usando 1 xícara de vinho branco e 2 xícaras de água. Aplique a solução na mancha sem esfregar. Absorva com papel toalha. Lave normalmente com água corrente e sabão de sua preferência.

Opção 2: Água com gás
Aplique em cima da mancha água com gás sem esfregar. Absorva com papel toalha. Lave normalmente com água corrente e sabão de sua preferência.

Opção 3: Gelo
Manchas recentes podem ser retiradas passando gelo até diluí-la. Assim que derramar o vinho tinto na toalha, roupa, tapete, gravata ou camisa, passe gelo até dissolver o vinho. Passe o gelo e remova o excesso, absorvendo com papel toalha.

Opção 4: Leite quente
Ferva leite suficiente para cobrir a mancha de vinho. Despeje o leite quente sobre a mancha. Deixe de molho. Esfregue e enxágue.

Opção 5: Sal fino
Aplique sal cobrindo toda a mancha. Deixe agir por 5 minutos. Despeje vagarosamente água (se o tecido permitir, use água morna ou quente). Esfregue e lave com sabão.

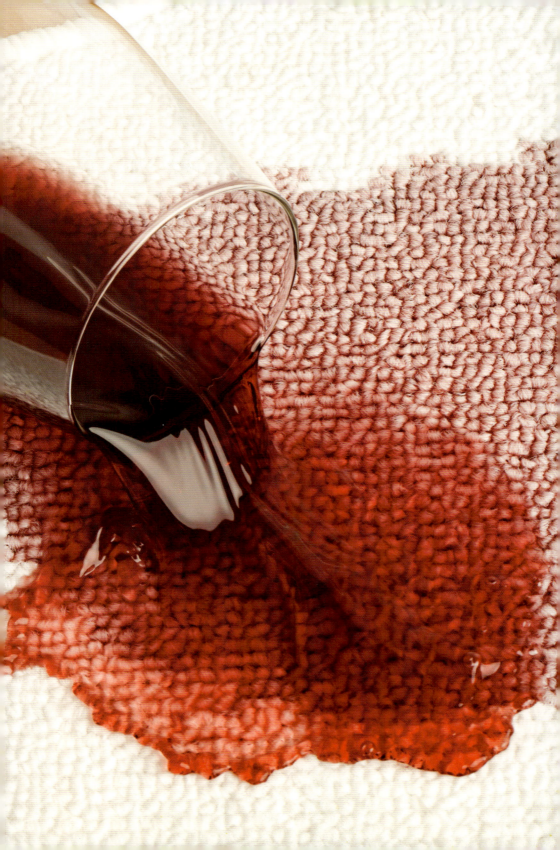

- A -

Água para passar roupas: mistura de água filtrada, álcool líquido e amaciante para usar durante a passagem de roupas. Abre as fibras dos tecidos facilitando a entrada do calor.

Álcool isopropílico: difere do álcool comum devido à quantidade de água misturada na sua composição, que é mínima (menos de 2%). É um líquido transparente, volátil e altamente inflamável, mas também um produto de limpeza excelente para metais e componentes eletrônicos, uma vez que não provoca a oxidação das peças. Também é misturado em produtos de limpeza para superfícies de vidro.

Arrumadeira: é a profissional responsável por fazer a manutenção, organização e supervisão de estabelecimentos residenciais e comerciais. Está sob as responsabilidades de uma arrumadeira limpar e arrumar todo o local em seus mínimos detalhes: janelas, vidraças, banheiros, cozinhas, área de serviço, garagens e pátios, assoalhos, móveis, carpetes e tapetes.

Aspiração: processo onde a sujeira é removida através de uma máquina aspiradora, que é semelhante a um aspirador de pó. Remove a poeira e sujeiras profundas.

- B -

Bactericida: elimina bactérias.

Bicarbonato de sódio: é usado das mais diversas formas, desde a culinária, para fins terapêuticos e limpeza doméstica. O bicarbonato de sódio é uma excelente opção para absorver odores e para limpar a cozinha. Ele também substitui a água sanitária e o detergente.

Bolor: é uma designação comum dada a fungos filamentosos que não formam estruturas semelhantes a cogumelos. Bolores crescem sobre pão velho, frutas podres, couro, madeira, papel e muitos outros materiais. Costuma apresentar cor verde. Surgem com umidade e o calor, ambiente favorável à sua sobrevivência.

- C -

Cabideiros: ficam, geralmente, na sala de estar, para pendurar casacos e chapéus. Também no quarto, para bolsas ou sapatos. Cabideiros e ganchos deixam os ambientes organizados e cheios de estilo.

Carunchos: também conhecidos como gorgulho, são bichinhos que se alimentam de madeira e de tudo que contenha celulose, bem como de cereais, farelos, farinhas e rações.

Cera Acrílica: é indicada para proteger e abrilhantar pavimentos de plástico, mármore, tijoleira ou cantarias. Facilita a lavagem e a remoção de marcas de saltos e solas de borracha. Além disso, é excelente na manutenção e limpeza dos pavimentos, uma vez que a sua ação antiaderente repele a sujeira.

Cronogramas de limpeza da casa: servem para planejar a limpeza da casa, por cômodos e dias da semana.

- D -

Desengordurante: solução rápida contra a gordura, pois são capazes de quebrar as moléculas, facilitando a remoção. São mais usados, por exemplo, no fogão, forno ou exaustor.

Desinfetante: fundamentais para limpar superfícies de cerâmica ou porcelanato como o piso da cozinha, da área de serviço e do banheiro. Matam germes e bactérias.

Desinfetante de vaso sanitário: são produtos capazes de matar germes e bactérias de forma definitiva e um dos componentes mais eficientes para esta finalidade é o cloro.

Para limpar o vaso sanitário, use um produto desinfetante que vai matar os germes e fazer uma limpeza completa.

Despensa: lugar da cozinha onde se guarda os alimentos.

Detergentes: tem poder desengordurante; bastante usados na cozinha.

- E -

Esponjas: Marque as esponjas para não misturá-las na faxina de espaços diferentes. Separe a esponja usada para limpar a pia da cozinha da pia do banheiro, por exemplo.

Empregada doméstica: entende-se por empregado doméstico aquele que presta serviços de forma contínua, subordinada, onerosa e pessoal e de finalidade não lucrativa à pessoa ou à família, no âmbito residencial destas, por mais de dois dias por semana.

- F -

Faxina: limpeza detalhada, do piso, paredes e rodapés, com aplicação de produtos específicos para cada móvel ou material, geralmente é realizada uma vez por semana. Algumas limpezas são mensais ou trimestrais. O importante é fazer com cuidado e no tempo certo para evitar que a sujeira grude.

Fost Free: geladeiras que possuem um temporizador que ativa uma resistência elétrica de aquecimento ou uma bomba de calor. Um destes equipamentos derrete os cristais que se formam impossibilitando o acúmulo de gelo no interior do freezer. A tecnologia Frost Free derrete o gelo que se forma por causa da refrigeração, antes que ele acumule, transformando-o em benefícios para a geladeira.

- G -

Gaveteiros: móvel dividido em várias gavetas, que comportam muito bem os objetos. O gaveteiro permite uma ótima organização do ambiente, evitando enganos e proporcionando uma melhor utilização do espaço, seja para quem trabalha em casa, no escritório ou mesmo para quem quer somente uma melhor organização em casa. Existem vários modelos de gaveteiros, cada um feito para um tipo diferente de ambiente, para guardar roupas e joias e bijuterias. A diferença está no design de cada peça, que se adapta melhor a cada situação.

- H -

Higienizar: consiste num conjunto de práticas que tem como objetivo promover ao ambiente boas condições higiênicas.

- I -

Impermeabilização: processo onde é aplicada resina especial para vedação dos poros e entrelaçamento das fibras dos tecidos, afim de impedir manchas e acúmulos de poeiras e ácaros.

- K -

Kit de limpeza: materiais necessários para a limpeza da casa.

- L -

Lavagem a seco: limpeza de tecidos e forrações (estofamento) em que a água penetra rapidamente nos poros e, em seguida, a água suja é removida rapidamente deixando semisseco o objeto a ser limpo.

Limpeza básica: é o que deve ser feito todos os dias para evitar o acúmulo e o caos. Varrer, retirar o pó, passar pano molhado no piso, lavar louças, limpar vaso sanitário, pia, cuba e bancadas do banheiro.

Luvas: podem ser antiderrapantes, finas, aderentes, de fino toque. São importantes aliadas na prevenção de cortes e para evitar direto das mãos com os componentes químicos dos produtos de limpeza. Escolha luvas no tamanho adequado para suas mãos. Luvas de limpeza são vendidas em tamanho pequeno, médio ou grande e no verso da embalagem normalmente há um medidor. Vale a pena ter uma luva separada para a limpeza do vaso sanitário outra luva para limpar o resto da casa. A luva do vaso sanitário pode ser guardada debaixo da pia do banheiro depois de lavada.

Limpador de prata Silvo: limpa e dá brilho em ouro, prata e metais brancos. Também excelente para vidros.

Limo: colônia de algas que se acumula em superfície úmida formando uma camada esverdeada.

Limpador multiuso: são ótimos para remover gordura e higienizar diferentes superfícies. Eles podem ser usados em pias, bancadas, vidros, prateleiras, fogão ou exaustor.

– M –

Máquina extratora: equipamento usado por profissionais treinados em limpeza para extrair sujeira de tecidos, tapetes, carpetes e estofados no processo de Extração por Sucção.

Mancha: sinal que uma substância faz em um corpo, sujando-o; também conhecida como nódoa. Pequeno espaço de cor diferente em um conjunto de cor uniforme.

Mofo: mofo ou bolor são causados pela ação de fungos. Caracterizam-se por manchas ou pontos negros, cinzentos ou marrons que, se não removidos, continuarão a crescer sob o novo revestimento, comprometendo a qualidade da pintura. O mofo prolifera em ambientes quentes, úmidos e com pouca luminosidade, como despensas e banheiros, que, por isso, devem ser cuidadosamente examinados.

– O –

Óleos essenciais: muitas empresas fabricam produtos de limpeza que incluem óleos vegetais e resinas. Por exemplo, a resina de pinheiro é um ingrediente-chave na terebintina. Os óleos essenciais puros tiveram a capacidade comprovada na limpeza e desinfecção efetiva da casa. Esses óleos estão disponíveis online ou em lojas de produtos naturais.

– P –

Pano de prato: serve para enxugar louças e panelas lavadas e limpas.

Pano de mão: serve para enxugar a mão, pegar panelas, retirar assadeira do forno.

Pano de pia: serve para enxugar e limpar bancadas, limpar fogão, apoiar panelas para lavar. Dê preferência aos panos de alta performance, pela facilidade de limpeza. Os panos convencionais de algodão retêm sujeira e gordura, devem ser lavados todos os dias com água sanitária e fervidos por cinco minutos, para evitar mau cheiro.

Panos: Diferencie os panos de chão em cores, para que sejam usados cada um em ambientes diferentes. Assim você não mistura o pano de limpeza do chão do banheiro com o da cozinha, por exemplo.

Produtos de limpeza: é preciso escolher o que é realmente necessário para limpar cada cômodo. Às vezes, um mesmo produto de limpeza pode servir para diferentes ambientes, enquanto outros são de uso específico para cada espaço. Antes de começar a faxina, lembre-se de seguir as instruções de cada produto e de testá-lo em uma pequena área escondida e não se esqueça de usar luvas para proteger suas mãos.

- R -

Raspagem: remoção de sujeira seca.

Repelente natural: são substâncias aplicadas sobre a pele, roupas e superfícies que desencorajam a aproximação de insetos. Os mais conhecidos são os cremes repelentes de insetos que, aplicados sobre a pele, evitam a aproximação de mosquitos.

Removedor: remove as sujeiras mais difíceis.

Rotulador: equipamento utilizado para criar pequenas etiquetas, para organizar e dar nome aos itens.

- S -

Saponáceos: é um tipo de sabão abrasivo, que serve para tirar sujeiras muito impregnadas. Existem a versão em pó, que é mais áspera, e o saponáceo líquido, que é para limpeza mais delicada. Ele tem uma sílica em sua composição, que age como abrasivo.

- T -

Tecidos de alta performance: feitos de 100% microfibra, realçam o brilho de várias superfícies – seja para banheiro, vidro, cozinha, carros ou móveis –, sem a necessidade de produtos químicos e água. Isso acontece pela capacidade especial de limpeza que o pano possui, fazendo com que sujeira extraída seja completamente absorvida em todos os panos. Outro diferencial é que a microfibra "agarra" a sujeira, mesmo pequenas partículas, evitando que a poeira seja espalhada.

Thinner: produto usado para remover tinta.

Tira limo: Como o banheiro é um ambiente úmido e quente, é comum o surgimento de mofo e limo entre os azulejos. Para limpar os azulejos e as superfícies do seu banheiro, há produto apropriado, o tira limo.

- U -

Umidificador: aparelho para umidificar tecidos. Usado para dilatação das fibras.

- V -

Vaselina: um extrato natural resultante de resíduos do petróleo, conhecida também por gelatina de petróleo. É usada para proteger móveis de madeira. Assim como a cera, a vaselina cria uma película que hidrata e ajuda a proteger a madeira. Você pode usá-la também para dar um brilho extra ao móvel depois da limpeza.

Vaporização: inserção de vapor químico ou neutro para executar limpeza de tecidos específicos, como estofados de sofás e cadeiras.

Vinagre: além do uso culinário, é um dos melhores e mais poderosos produtos de limpeza não poluentes. É barato, é fácil de se adquirir e eficiente na limpeza da casa. Como produto de limpeza, o vinagre é eficaz em todo o tipo de sujeira, permitindo eliminar odores, desinfetar e lustrar superfícies, além de prevenir a formação de bolor e bactérias.

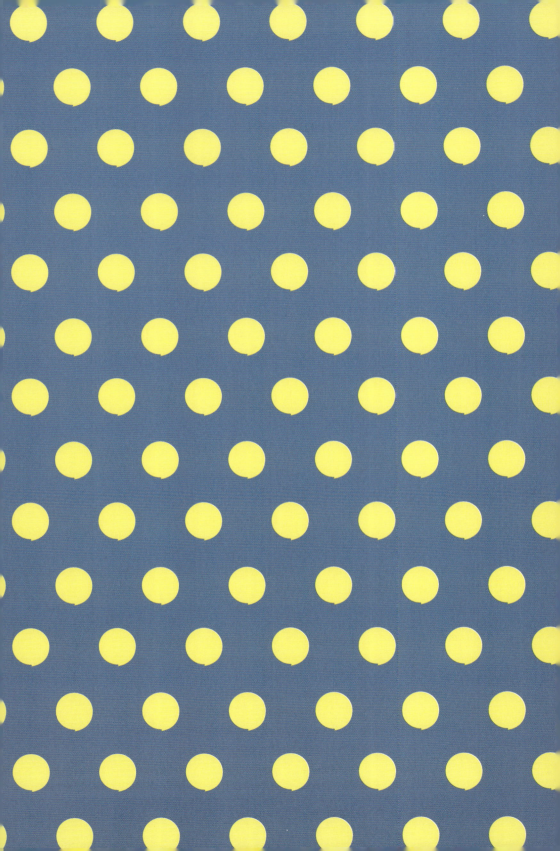

Organize a sua própria tabela

TAREFA PROGRAMADA	QUARTO	SALA	BANHEIRO	COZINHA	ÁREA
SEGUNDA-FEIRA					
TERÇA-FEIRA					
QUARTA-FEIRA					
QUINTA-FEIRA					
SEXTA-FEIRA					
SÁBADO					
DOMINGO					

Organize a sua própria tabela

TAREFA PROGRAMADA	JAN	FEV	MAR	ABR	MAI	JUN	JUL	AGO	SET	OUT	NOV	DEZ
QUARTOS												
SALA												
BANHEIRO												
COZINHA												
ÁREA DE SERVIÇO												

Organize a sua própria tabela

TAREFA PROGRAMADA	QUARTO	SALA	BANHEIRO	COZINHA	ÁREA
SEGUNDA-FEIRA					
TERÇA-FEIRA					
QUARTA-FEIRA					
QUINTA-FEIRA					
SEXTA-FEIRA					
SÁBADO					
DOMINGO					

Organize a sua própria tabela

TAREFA PROGRAMADA	JAN	FEV	MAR	ABR	MAI	JUN	JUL	AGO	SET	OUT	NOV	DEZ
QUARTOS												
SALA												
BANHEIRO												
COZINHA												
ÁREA DE SERVIÇO												